아무든, 사제

김영훈

이남호, 산책

차례

목수의 서재
— 어느 목수가 꿈꾸는 완벽한 서재 이야기

나는 가구를 만드는 목수다. 하지만 아직 나를 위한 가구는 만들지 못했다. 커다란 책상과 단단한 책장을 들인 서재를 갖는 것은 목수가 되기 전부터 품어온 내 오랜 소망이다. 언제부턴가 서재가 생겼고 커다란 책상도 들였으나, 아직 단단한 책장은 갖지 못했다. 서재에 들어설 때마다 인터넷 쇼핑몰에서 사들인 몇만 원짜리 책장들을 보며 늘 아쉬워하고 있다. 가끔, 아니 솔직히 말해 자주 은퇴 이후를 생각한다. 은퇴를 결심하게 되면 목수로서의 마지막 작업으로 내가 죽을 때까지 사용할 책상과 책장, 그리고 죽고 나서 쓸 관 하나를 짤 생각이다. 손에서 연장을 내려놓고 서재에 들어앉아 세상의 모든 영화를 보고, 로마제국의 흥망사와 십자군 전쟁과 동서 문명 교류사에 관한 책들을 찾아 읽을 것이다. 가끔 옛 친구들을 만나 술 취해 돌아오면 서재에 들기 전 잠깐 창고에 들러 관을 쓰다듬으며 이 정도면 지금 죽어도 큰 아쉬움은 없을 거야, 중얼거리며 미소 지을 것이다. 하지만 그 요원한 날이 오기 전까지 내 손으로 나의 책장을 만들 가능성은 적다. 책장은 생각보다 손이 꽤 많이 가는 가구이기 때문이다. 다섯 피스짜리 책장 세트를 만드는 데 보통 한 달 반에서 두 달 정도가 걸린다. 목수 일로 먹고사는 내가 수입을 포기한 채 많은 자재비와 공방

유지비를 감수하면서까지 직접 쓸 책장을 만드는 사치는, 아직 상상하기 힘들다.

지금 나의 서재에는 길이 2m 40cm, 폭 90cm의 책상과 시제품으로 테스트한 대형 책장 두 점, 인터넷 쇼핑몰에서 구매한 다섯 개의 책장이 있다. 책상이 놓인 공간 한쪽 벽에는 두 개로 나뉜 5m 길이의 세로 세 칸짜리 도록용 책장이 있다. 몇 년 전 넘쳐나는 잡지들을 정리하려고 두께 21mm의 러시아산 자작나무 합판을 사서 목심만을 이용해 이틀 만에 급히 제작한 가구다. 그리고 을지로 가구점에서 산 3만 원에서 7만 원 사이의 카피 체어 여섯 개가 있다. 제대로 만든 가구는 책상 하나뿐인데, 이 역시 첫 개인전을 끝내고 며칠을 망설이다가 '고생한 기념으로 생각하자' 자위하며 팔지 않고 내 서재에 들인 것이다. 디자인과 작업 과정, 목재 테스트를 위해 제작한 책장두 점은 일부러 바닥 평형을 안 맞추고 설치해 8년을 썼더니 틈이 벌어지고 모서리의 직각이 깨져 있다. 내가 만든 게 아니면 흉물스러워서 벌써 버렸을 것이다. 테스트도 끝났으니 조만간 해체해 불태울 생각이다. 주로 서재 가구를 만들고 서재를 주제로 전시까지 하는 목수의 서재치고는 공간과 가구 구성이 실망

스러운 건 사실이지만, 제 머리 못 깎는 스님의 마음을 헤아린다면 크게 탓할 상황은 아니다.

목수가 된 뒤로 공방을 네 번 옮겼다. 홍대와 김포, 인천을 거쳐 경기도 파주의 외진 마을에 작은 공방을 차렸다. 앞으로 또 어디로 움직일지는 알 수 없다. 파주로 오기 전에는 세 곳 모두 홍대에서 출퇴근했으므로 서재도 홍대 근처에 있었다. 하지만 2014년 파주로 공방을 옮기면서 출퇴근이 불편해졌고, 결국 이듬해 공방 근처 마을로 서재를 옮겼다. 생활권 자체가 서울을 벗어난 경우는 이번이 처음이다. 서울까지 버스로 겨우 50분 남짓인데, 심리적 거리 때문인지 나가는 횟수가 점점 줄어들고 있다. 시골 생활로 저녁 술자리가 줄면서 서재에 머무는 시간도 많아졌다. 대부분의 시간을 소파에 널브러져 영화를 보는 데 쓰지만, 직업이 목수이다 보니 어쩔 수 없이 이래저래 책과 논문을 봐야 할 일이 많다.

사람들은 내가 별도의 서재를 유지하는 것을 보고 의아해하고는 한다. 목수에게 공방이나 쇼룸이 아닌 서재라니! 일반적인 시각에서는 맥락이 없어 보일 수도 있다. 하지만 결국 '유용하고 아름다운 기물을 만드는 사람'이라는 목수의 본질을 고려해본다면 서재는 반드시 필요하다. 목수에게 목공은 과정에 불과할 뿐 목적이 아니다. 목수의 목적은 유용하고 아름다운 가구를 만드는 것이다. 내가 아닌 타인의 유용함을 파악하고 아름다움을 찾는 과정에서 공부는 선택이 아니라 필수일 수밖에 없다. 목수가 손에 연장을 들고 나무를 깎기 시작할 때는 이미 전체 과정의 70%는 끝난 것이라고 보면 된다. 물론 실제 나무를 만지고 제작하는 과정에서 대강 30% 정도의 변경과 수정이 이루어진다. 이 30%가 목수의 가구를 디자이너나 가구회사의 그것과 구별되는 정체성을 갖게 하지만, 연장을 들기 전 이미 큰 그림은 잡혀 있는 것이다. 내가 나만의 서재를 유지하지 않았다면 아마 지금보다 훨씬 별 볼 일 없는 가구를 만드는 목수가 되었을 것이다. 내게 서재와 공방은 별도의 공간이 아니다. 서재는 공방의 연장이며, 공방은 서재의 확장이다.

목수가 연장 옆에 책을 두는 이유

현재 내 서재에는 대략 3000여 권의 책이 있다. 파주로 서재를 옮기며 대대적인 '책 버리기'를 실행

한 덕에 지금 나의 책장은 내가 가진 관심사를 직설적으로 드러내는 리스트로 채워져 있다. 나의 관심사는 크게 세 가지다. '조선'과 '공예', 그리고 '아나키즘'. 굳이 구분하자면, 조선과 공예에 대한 관심은 목수라는 직업에서 출발했으며, 아나키즘은 김윤관이라는 개인에게서 비롯된 관심사이다. 하지만 결국 이 모두가 하나의 길임을 최근에 깨달았다.

기존의 가치를 뒤집어 전복적인 미적 충격을 주는 데 예술의 목적이 있다면, 공예의 목적은 기존의 가치를 받아들여 더 쓸모 있고 아름답게 만들려는 데 있다. 이러한 공예의 미학을 나는 '더 잘 만든 것의 아름다움'이라고 말한다. 각자의 목적에 따라 예술은 아카이브의 전복에 집중하고, 공예는 아카이브의 발견에 몰두한다. 한국에서 목수라는 공예인으로 살아가는 내게 조선은 숙명과도 같은 아카이브다. 조선의 문화를 이해하고, 거기서 맥락을 찾아 나의 가구에 담아내지 못한다면 당대의 정체성을 가진 공예인으로 존재할 수 없다. 한 나라의 문화를 총체적으로 이해한다는 것은 불가능하거나 대단히 어렵다. 그것도 세계사에서 유례가 드문 500년이라는 긴 시간을 유지한 왕국이라면 더욱 난감하다. 나 같은 무학자가 조선이라는 나라를 이해하기 위해서는 평생의 공부로도 부족할 것이다.

조선에 관한 책은 초판이 마지막인 경우가 많아 당장 필요하지 않더라도 무조건 산다. 그래서 내 책장에 가장 자주 들어오는 새 책은 조선에 관한 것들이다. 조선과 공예에 관한 5년여의 공부 끝에 나는 목수로서 내 작업의 정체성을 분명히 하고 이름 지을 수 있게 되었다.

내 작업의 명칭은 '조선 클래식(The Joseon Classic)'이며, 그 명칭 안에서 나는 내가 추구하는 미학을 '더 잘 만든 것의 아름다움—8할의 미학'이라고 정의한다. 아직 젊은 목수인 나는 앞으로 많은 형식의 변화를 겪겠지만, 그 기저만큼은 변치 않을 것이다. 나는 아직 한국의 목수 중에서 자신이 만드는 가구의 미학을 스스로 규정한 경우를 보지 못했다. 그 이유는 그들에게 공방만 있을 뿐 '서재'가 없기 때문이다. 그들의 손에는 연장만 쥐어질 뿐 책이 들려 있지 않기 때문이다. 혹자는 말한다. 목수에게 무슨 '미학'이 필요하냐고. 잘 깎고 다듬으면 될 것을 서툰 먹물 흉내 내지 말라며 눈을 흘기기도 한다.

공예는 오랫동안 공부나 이론의 대상이 아니었다. 생활과 함께 숨 쉬는 것 혹은 생활 그 자체였기 때문이다. 하지만 언젠가부터 공예는 생활에서 쫓겨났다. 공예가 살아 숨 쉬던 자리에는 디자인과 공산품이 자리 잡았다. 생활에서 밀려난 공예는 정처가 없었다. 현대의 공예가 독자적인 길을 확보하지 못한 채 한쪽 발은 예술에 한쪽 발은 디자인에 걸치며 모양 사납게 우왕좌왕하는 것은 생활을 떠난 공예가 갈 곳은 어디에도 없기 때문이다. 공예가 생활로, 원래 있던 그 자리로, 자신의 집으로 돌아가기 위해서는 이론이 필요하다. 생활이 자신의 원래 집이고 고향임을 스스로 증명해야 하기 때문이다. 공예가 없는 생활이란 황폐하고 품격이 없다는 것을 증명해야 하기 때문이다. 아무도 말해주지 않는 공예의 가치를 스스로 증명해야 하기 때문이다. 나무 깎는 목수가 연장 옆에 책을 두는 이유가 여기 있다.

공예가 이론을 끌어안은 것은 최근의 일이다. 읽으려 해도 읽을 책이 없다. 다른 분야가 그랬듯 미술과 디자인 같은 옆집의 이론을 참고해 공예에 맞는 새로운 이론을 마련하는 방법밖에 없다. 그래서 새 책이 가장 적게 들어오지만, 가장 집중해서 읽는 책이 공예나 미술과 관련된 책들이다.

조선과 공예가 목수가 된 이후 관심이 생긴 분

야라면, 아나키즘은 스무 살 때부터 품고 있던 주제이다. 머리 굵은 다음부터 '어른'이 싫었다. 한결같은 그들의 충고와 명령이 싫었다. 한국사회에서 어른과 명령과 충고를 못 견뎌 한다는 것은 심각한 결함에 속한다. 열아홉 살에 처음 접한 아나키즘은 내가 가진 결함이 장애가 아니라는 걸 깨닫게 했다. 세상이 정한 방법에 '적응'하는 것이 성숙한 삶의 척도가 아니라는 깨달음도 주었다. 아나키즘은 내가 나를 긍정하고, 세상을 살아갈 방법을 찾도록 인도해주었다. 어느 직업에도 정착하지 못한 내가 목수라는 힘든 직업을 유지하고 있는 이유도 이 일에 내재된 아나키즘적 요소 때문이라고 생각한다. 대부분의 사회조직과 시스템은 수직적 구조로 짜인 카르텔로 성립되고 운영된다. 일반적으로 '장인'이나 '길드', '도제 시스템'이라는 용어는 사람들에게 공예/공예인을 수직적 시스템의 전형으로 오해하게 만들었다. 하지만 내가 경험한 공예는 수직적 카르텔과는 거리가 멀다. 공예는 본질적으로 수평적인 행위이며, '연대'의 구조를 실현하기에 적합한 분야이다. 언젠가 더 자세히 말할 기회가 있겠지만, 공예는 아나키즘이 추구하는 '반권위주의'와 '개인주의'를 실현하기에 꼭 알맞은 시스템이다. 아나키즘이 지향하는 '연대'와도 가장 잘 어울린다. 목수로서의 생활이 오래될수록 공예가 아나키즘의 실천적 방식이라는 생각이 점점 확고해지고 있다. 생계와 직접적인 연관이 있는 분야가 아니어서 자주 읽지는 못하지만, 내게 가장 큰 기쁨을 주는 책은 아나키즘에 관한 것이다.

서재에 술과 텔레비전을 허하라

나는 아직 내가 원하는 서재를 만들지 못했다. 그래서 가끔 내가 가질 서재를 상상한다. 한가할 때면 내가 바라는 서재의 모습을 치수까지 뽑아 도면화해보기도 한다. 서재를 구상함에 있어 내가 가장 중요하게 생각하는 것은 '텔레비전'과 '책'이다. 마음 같아서는 그 두 가지 말고는 아무것도 서재에 놓고 싶지 않다. 물론 소파 없는 텔레비전은 의미가 없으니 소파는 반드시 필요하고, 책장 없는 책 역시 의미가 퇴색되니 책장도 필수다. 솔직히 말하자면 애초에는 책장과 책마저 없는 서재를 꿈꿨다. 오로지 텔레비전과 소파, 아이패드만이 존재하는 서재. 그것이 궁극적으로 내가 꿈꿔온 서재의 모습이다.

내가 스스로에게 안타까운 것 중 하나는 꽤나

진지한 노력에도 불구하고 전자책 적응에 실패했다는 사실이다. 전자책으로는 글이 잘 안 읽힌다. 오로지 종이에 인쇄된 활자만이 읽힌다. 만약 내가 전자책에 적응했다면, 내 상상 속 서재에는 오로지 대형 텔레비전과 소파만이 있었을 것이다. 전자책 적응을 포기하자 서재가 조금 복잡해졌다. 아이패드 대신 책과 책장이 들어서야 하기 때문이다.

내가 구상하는 서재의 모습을 그려보면 이렇다. 일단 중간벽과 기둥이 없는 가로 14m, 길이 34m 직사각형 구조의 공간이 내 서재의 캔버스이다. 바닥재는 흰색 인조 대리석이고, 벽은 모두 백색이다. 싱크대를 비롯한 취사 가능한 화기는 일절 없어야 한다. 글자로 된 책은 3000권 이상 소유하지 않을 것이기에 14m의 한쪽 벽면에 설치된 책장으로 충분하다. 책을 꽂은 나머지 칸에는 화집과 도록, 이미지 북이 채워져 있다. 책장 앞에는 책을 고르다 흥미 있는 부분을 발견하면 바로 편히 앉아 읽을 수 있도록 이지 체어(easy chair)를 둔다. 찰스 & 레이 임스가 빌리 와일더 감독을 위해 만든 '임스 라운지 체어와 오토만(Eames Lounge Chair & Ottoman)' 스타일을 생각하면 비슷하다.

책장 근처에는 맥주와 싱글 몰트 위스키로 가득 채운 냉장고가 놓여 있다. 텔레비전과 책을 제외한다면 냉장고는 서재에서 가장 중요한 품목이라고 할 수 있다. 김치나 먹다 남은 고기, 채소가 담긴 냉장고를 말하는 것이 아니다. 오로지 술과 육포, 치즈 같은 간단한 안주로 채워진 냉장고이다. 텔레비전을 통해 본 영화와 책이 주는 감동과 우울을 한잔 술 없이 어떻게 견딜 수 있단 말인가?

예전부터 서재에는 '바 캐비닛(bar cabinet)' 혹은 '드링크 캐비닛(drinks cabinet)'이라고 해서 술을 보관하는 캐비닛이 있었다. 유럽의 가구, 특히 북유럽 가구에서는 몹시 중요한 품목이며, 냉장고의 대중화에도 불구하고 여전히 인기가 많다. 서재의 냉장고는 생활의 주식을 냉장 보관하는 곳이 아니다. 영화〈위플래쉬〉를 본 뒤 뛰는 가슴을 달랠 맥주 한 캔, 〈부에나비스타 소셜 클럽〉 실황공연을 즐긴 다음 쓸쓸해진 마음을 달래줄 와인 한 병, 허먼 멜빌의 소설을 읽고 모처럼 진중해진 마음을 유지시켜줄 몰트 위스키 한 병을 보관하는 서재용 바 캐비닛인 것이다. 단순한 디자인에 최대한 소음이 적은 제품을 사는 게 좋다. 언젠가 국내에서도 바 캐비닛 스타일의 클래식한 냉장고가 나오길 고대하고 있다.

냉장고와 책장이 있는 벽 맞은편에는 1970년대 옥수동 산동네의 풍경이 담긴 흑백사진 한 장이 디아섹 대형 인화로 걸려 있고, 그 앞에 길이 2m 40cm의 커다란 책상이 놓인다. 책상 오른편에는 당장 읽을 책과 다른 책을 밀어내고 책장으로 들어갈지 아니면 참고만 하고 버려질지에 대한 심사를 기다리는 신간들을 놓을 보조 책장이 한 점 있다. 보조 책장은 길이 1m 98cm, 폭 36cm, 높이 96cm이다.

책상에서 앞쪽으로 약간 떨어진 공간에는 목받이 조절이 되는 8인용 카우치가 있다. 소파에서 적당히 떨어진 공간에 드디어 텔레비전이, 서재의 중심인 텔레비전이, 100인치 이상의 대형 텔레비전이 자리잡고 있다. 내가 한 문장에 텔레비전이라는 단어를 세 번이나 쓴 것은 텔레비전의 중요성을 강조하고 싶기 때문이다. 텔레비전은 교양과 오락이 공존하는 놀라운 발명품이다. 나는 주로 영화와 외국 드라마, 다큐멘터리를 보는 용도로 사용한다. BBC의 다큐멘터리가 주는 교양과 HBO의 〈왕좌의 게임〉이 주는 재미는 텔레비전을 통해서만 얻을 수 있다. 텔레비전은 책과 함께 '공부와 놀이'라는 서재의 목적에 가장 적합한 물건이다. 앳된 걸그룹을 모아놓고 남자 진행자들이 말장난이나 재잘대는 예능 프로그램으로 이 희대의 발명품을 낭비하는 것은 괴테의 『파우스트』를 라면 냄비받침으로 사용하는 것만큼이나 안타까운 일이다.

텔레비전은 분명 인류가 만들어낸 가장 위대한 발명품 중 하나이다. '필립 말로'라는 매력적인 캐릭터를 창조해낸 레이먼드 챈들러 역시 나와 같은 생각이었다. 그는 "텔레비전은 정말 우리가 평생 기다려온 물건입니다."라고 감탄하고 나서 다시 "텔레비전은 완벽해요."라고 찬사를 보낸다. 레이먼드 챈들러가 텔레비전에 대해 찬사를 담은 글을 쓴 것은 1950년 11월이었다. 만약 그가 오늘날의 텔레비전을 봤다면 자살 시도 따위는 하지 않았을 것이다. 서재에서 가장 많은 돈을 써야 할 것은 두말할 필요 없이 텔레비전이다. 나의 서재에서 책과 텔레비전, 소파와 냉장고, 책장과 책상 이외의 물건은 텔레비전과 책장 사이에서 턱을 괴고 서 있는 대형 지구본 하나가 유일하다.

원하는 물건들을 하나둘씩 채운 후 도면을 살펴보면, 대부분이 빈 공간이다. 심심할 지경의 공간으로 느껴지기까지 한다. 그 텅 빈 공간에서 텔레비전의 지정석 소파를 벗어나면 바닥 아무 데나 주저앉을 수 있다. 벽에 등을 기대거나 엎드려 책을 읽고 맥주를 마시거나 음악을 듣는다. 술에 취하면 데굴데굴 바닥을 굴러다니며 술과 몸을 섞는다.

서재에 대한 상상은 언제나 즐겁다. 서재는 단지 책으로 가득 찬 공간이 아니기 때문이다. 아마도 '서재'라고 불리는 공간에 '서재'라는 이름이 붙은 것은 먼 옛날에는 그 공간에 놓을 물건이, 그러니까 별일 없이 빈둥거리기도 하고 공부도 하며 오롯이 혼자서 자기만의 시간을 쓸 수 있는 공간에 놓을 적절한 물건이 책밖에 없었기 때문일 것이다. 하지만 이제 언제든 내가 원하는 영화를 볼 수 있는 텔레비전, 소파에 등과 목을 기대고 멍해질 수 있는 오디오처럼 동일한 목적을 위한 다양한 물건들이 나와 있다. 서재에서 책이란 그저 예부터 전해온 유용한 물건의 한 종류일 뿐이다. 서재에 책만을 들이겠다고 집할 필요는 없다. 오늘도 나는 서재에 앉아 서재를 상상한다. 행복하다.

타인의 서재를 본다는 것은 관음증의 영역에 속하는 행위가 분명하다. 타인의 은밀함을 들여다본다는 두근거림, 그 엷고 달콤한 죄책감. 서재는 주인의 취향과 욕망은 물론 콤플렉스까지 노출한다. 몹시 난해한 상대라도 그의 서재를 30분만 둘러보게 해준다면, 나는 그 난해함의 실마리를 풀 자신이 있다. 난해하거나 매력적인 사람을 만날 때마다 나는 늘 그의 서재가 궁금하다.

하지만 목수로서 나의 관음적 기대는 번번이 배반당한다. 그것은 내 관음의 대상이 책이 아니라 책꽂이 즉, 책장이기 때문이다. 그 누구의 서재든 내 시선이 가장 먼저, 가장 오래 머무는 곳은 화려한 책등이 아니라 책장이다. 그러나 나는 국내 어느 애서가의 서재에서도 장서에 걸맞은 책장을 만나지 못했다. 책을 향한 그들의 애정을 생각하면 책장에 대한 무관심은 놀라울 정도다. 만년필 수집가가 애장하는 만년필을 3000원짜리 플라스틱 필통에 보관하는 예를 본 적이 없다. 만년필을 사랑하는 사람들은 보관함역시 그 만년필의 격에 맞추려고 노력한다.

한국의 애서가들은 책에 집중할 뿐 책장에는 도통 관심이 없다. 책에 관해서라면 열흘 밤낮을 이야기할 수 있지만, 책장을 주제로는 단 10분도 대화를 이어나가기 힘들다. 아마도 애서가가 지닌 외곬의 이미지, '나는 핵심에만 집중하며 나머지 표피적이고 부수적인 것들에는 신경을 쓰지 않는다'라는 식의 협소한 사고에 갇힌 것은 아닐까 하는 의심을 종종 하게 된다. 책은 주인의 손보다 책장에 더 오래 머문다. 책을 사랑한다면서 책장을 소홀히 대하는 것을 나는 선뜻 이해하기 어렵다.

책장은 단지 책을 진열해 두는 보조적인 수단에 불과한가? 식기가 단지 음식을 담기 위한 보조적 수단이라면 책장 역시 그러할 것이다. 옷이 단지 몸을 가리기 위한 수단에 불과하다면, 책장 역시 그러할 것이다. 집이 단지 추위와 외부 시선으로부터의 보호 수단에 지나지 않는다면, 책장 역시 그러할 것이다. 육체가 단지 정신을 담고 정신이 뜻한 바를 행하는 도구에 불과하다면, 책장 역시 그러할 것이다. 하지만 정말 식기는, 옷은, 집은, 육체는 그러한 것인가?

문화란 수단과 목적을 종속적으로 구분하지 않는다. 초판본을 구하기 위해 동대문부터 부산 보수동 헌책방까지 헤매는 애서가의 행위는 그가 구한 초판본과 같은 의미를 가진다. 한 달에 30만 원씩 책을 구매하는 애서가임을 자랑하면서 MDF에 월넛 필름지를 바른 책장을 쓰는 사람을 문화의 영역에서 진정한 애서가라고 인정하는 것이 나로서는 몹시 어색하다.

책장에 대한 깊은 통찰이 담긴 책 『서가에 꽂힌 책』의 저자 헨리 페트로스키는 "책꽂이는 책과 마찬가지로 우리가 알고 있는 문명의 한 부분이 되었으며, 집에 책꽂이가 있다는 사실은 집 주인이 문명화되었고, 교육받았고, 세련되었다는 증거가 되기도 한다."라고 말한다. 내게 한국의 애서가들이 가진 책장의 조악한 수준은 아직 한국의 애서 문화가 문명화되지 못했다는 증거로 읽힌다.

화이트오크와 암모니아 훈증의 책장

모든 좋은 물건이 그러하듯 좋은 책장은 좋은 재료로 만들어져야 한다. 근대 이후 수많은 소재가 폭발하듯 쏟아져 나왔지만, 역시 책장에 가장 적합한 소재는 나무라는 데 이의를 제기하기 힘들다. 우리는 종이와 나무가 대개 하나의 뿌리에서 나왔다는 상식을 종종 잊는다. 책이 가득 꽂힌 호두나무 책장이 들어선 서재를 볼 때면 나는 늘 나무 한 그루와 숲이 떠오른다. 자연이 만든 나무가, 숲이, 인간을 인간으로 만든 문명과 손을 거쳐 집 안으로 들어와 있는 것이다. 서재를 몇 그루의 나무, 작은 숲으로 느끼는 나에게 호두나무 책장이란 자연과 인위(人爲)라는 또 하나의 자연이 함께 만든 기막힌 기물이다.

최상의 책장은 암모니아 훈증으로 마감한 오크(oak) 책장이다. 암모니아 훈증이란 암모니아 증기에 나무를 노출시켜 착색하는 마감 방법을 말한다. 20세기 가구사에서 가장 중요한 인물인 구스타프 스티클리(Gustav Stickely, 1858~1942)가 만든 책장은 암모니아 훈증을 한 오크 가구의 아름다움을 극명하게 보여준다. 나무의 무늿결이 아닌 직결을 드러나게 하는 제재 방식인 쿼터손(quarter sawn)의 오크가 주는 독특한 질감, 붉은 기가 없는 짙고 무거운 갈색, 수직과 수평의 적절한 배열이 특징인 스티클리의 책장은 제대로 만든 책장의 전형을 제시한다. 스티클리의 가구는 특히 남자, 아버지라는 단어와 어울리는 가구로 이름이 높다.

아쉽게도 국내에서는 쿼터손 방식으로 제재된 나무를 구하기가 쉽지 않을뿐더러 혹 구할 수 있다 해도 고가의 비용을 지불해야 한다. 더구나 암모니아 훈증은 국내에서는 자주 쓰이는 마감법이 아니어서 스티클리 가구와 같은 질감의 가구를 소유하기란 만만한 일이 아니다.

암모니아 훈증을 한 쿼터손 방식의 오크 다음으로 책장에 적합한 수종은 월넛(walnut)과 하드메이플(hard maple)이다. 붉은빛이 은은하게 도는 월넛의 독특한 갈색이 주는 고급스러운 느낌은 다채로운 책등의 배열과 잘 어울리는 조합이다. 하드메이플의 차분하고 밝은 색은 어두운 나무색을 선호하지 않는 사람들에게 적합하다. 다만 하드메이플은 황변 현상(시간이 지남에 따라 목재의 표면이 누렇게 변색되는 현상)이 심한 목재 중 하나이기 때문에 화이트 오일(white oil) 등 별도의 적절한 마감 방법을 선택해야 한다.

수직과 수평이 만드는 직관의 미학

목수로서 책장을 만들 때마다 느끼는 것은 책장이라는 품목이 가진 직관성이다. 모든 가구의 구조가 그렇지만 책장의 구조는 유독 직관적이다. 책장은 중력 방향으로 선 측판과 중력의 수평 방향을 따라 지른 가로판으로 이루어져 있다. 수직과 수평이 만나는 단순명쾌한 구조인 것이다. 책을 층층이 쌓아 보관하겠다는 의도의 당연한 결과물이다. 책장을 만들 때면 무언가 명쾌한 행위를 한다는 쾌감이 있다. 자명한 구조물을 만드는 과정을 통해 내가 조금 더 정직해지는 기분마저 든다. 헨리 페트로스키는 "세상 어디에나 흔한 책꽂이만큼 형태나 그 목적이 자명해 보이는 게 어디 있겠는가? 나무판 위에 책을 얹어 놓는다는 아이디어는 책만큼이나 오래된 것처럼 보일 것이다. 책꽂이가 평평하고 수평이어야 한다는 사실은 상식과 중력에 의해 규정된 것처럼 보일 것이다." 라고 말한다. 하지만 세상의 모든 단순함은 중첩된 디테일을 바탕으로 한다. 중력에 순응하며 더욱더 많은 책을 보관하겠다는 단순한 의도는 다양한 경우의 수를 안고 있다.

가구의 제작 방식은 크게 각재 구조와 판재 구조로 나눌 수 있다. 흔히 두께와 폭의 치수가 같은 것을 각재라고 하며, 두께보다 폭이 넓은 것을 판재라고 한다. 각재 구조의 가구 중 대표적인 것은 조선 목가구의 명품인 '사방탁자'이다.

사방탁자 역시 책장 용도로도 쓰였으나 조선시

대의 책은 종이의 특성을 고려해 가로로 눕혀 보관하는 방식이었기에 가능한 것이었고, 책을 수직으로 세워 꽂는 현재의 책꽂이 방식에는 적합지 않다. 사방탁자의 예에서 보듯이 현대의 책장은 대표적인 판재 구조의 가구이며, 판재 구조로 제작하는 것이 적합하다. 가끔 사방탁자 스타일의 각재 구조로 만든 책장을 볼 수 있으나 애서가로서는 불편함이 크다. 일단 책장의 양측 끝부분에 꽂은 책이 쓰러지는 문제가 있다. 각재 사이의 폭을 줄여 각재를 책 표지 부분에 닿게 맞추고 가운데를 뚫어놓은 경우도 있으나, 이 책장에 책을 오래 꽂아두면 양측 끝에 꽂은 책의 표지가 각재에 닿은 부분에 밀려 구겨지는 문제가 발생한다. 판재 구조의 책장 역시 좌측 끝부분부터 책을 꽂을 경우 책장의 우측 끝까지 꽉 차게 책을 꽂지 않는다면 우측 마지막 서너 권의 책이 쓰러지는 문제가 생긴다. 이때, 흔히 취하는 방식은 우측 끝에 몇 권의 책을 가로로 눕혀 쌓거나 북엔드를 사용하는 것이다. 하지만 북엔드는 임시방편일 뿐 책을 뽑고 꽂을 때마다 북엔드 쪽의 책이 넘어지는 불편을 감수해야 한다.

　내가 추천하는 방식은 목수에게 부탁해 책 크기로 재단한 몇 가지 두께의 나무를 구하는 것이다. 책을 꽂고 남은 우측 부분이나 책 중간중간 이 '나무책'

을 꽂아 책장의 칸을 채운다. 실제로 15cm에서 50cm 정도 두께의 나무책 예닐곱 권이면 책장의 빈 공간 때문에 발생하는 불편함이 깨끗이 사라질 뿐만 아니라 미관상의 아름다움까지 확보할 수 있다.

책장에 있어 중요한 요소는 책장 한 칸의 높이와 넓이이다. 책장의 목적은 간단하다. 책을 많이 보관하겠다는 것이다. 물론 되도록 지저분하지 않고 아름답게 보관하고 싶다는 욕망을 바탕으로 한다. 이 목적을 위해서는 책장의 재료와 형태만큼 중요한 것이 책장 칸의 높이와 넓이다. 일반적으로 판매되는 책장들은 대개 다섯 칸이며, 한 칸의 높이는 35cm, 깊이는 29cm 정도이다. 여섯 칸짜리 책장의 한 칸 높이는 대개 30cm이다. 이 사이즈는 소위 '사팔(4×8) 사이즈'라고 부르는 원자재의 크기에 따른 것이다. 가구공장들은 대개 가로 1220mm, 세로 2440mm의 합판 혹은 집성판을 사서 쓴다. 이 원자재를 최대한 손실 없이 사용하는 사이즈가 위에 말한 일반적인 책장의 사이즈가 되는 것이다. 이 사이즈 책장의 문제는 일반적인 책의 크기와 연동되지 못해 책장을 지저분하게 사용하도록 유도한다는 데 있다.

책장의 한 칸을 떠올려보자. 수직으로 꽂은 책

들 위에 공간이 남는다. 자연스럽게 그 책들 위에 수평으로 책을 쌓는다. 책을 꽂은 앞부분에도 여분의 공간이 남는다. 자연스럽게 그 공간에 액자를 두거나 열쇠, 약통, 작은 컵 등등을 놓게 된다. 시간이 지날수록 수직으로 꽂은 책들의 단정한 모습은 사라지고 책장은 무질서한 책들과 잡다한 물건들의 보관함처럼 변해간다. 언제부턴가 이런 모습을 낭만적인 정서로 받아들이게까지 됐지만, 책장의 원래 목적과 멀어진 모습임에는 분명하다.

일반적인 소설 크기의 책을 간결히 꽂기 위한 칸의 적정 높이는 25cm이다. 이보다 높으면 책 위에 다시 책을 쌓게 되며, 이보다 적으면 책을 꽂고 뺄 때 손가락이나 책 끝이 걸려 불편하다. 시집과 작은 판형의 소설에 맞는 칸의 높이는 23cm이다. 『엘르』나 『보그』 같은 잡지를 위한 칸의 적절한 높이는 32cm이다. 또한 책장의 가로판은 하드우드(오크나 월넛과 같은 활엽수 종류의 나무)를 기준으로 두께 2cm의 목재를 쓸 경우 최대 90cm마다 세로판을 세워주는 게 좋다. 90cm가 넘으면 가로판이 책의 무게를 견디지 못하고 아래로 휜다. 레드파인과 같은 소프트우드의 경우는 훨씬 더 많은 가로판을 세워주어야 한다.

이 치수들을 적절히 배치해 제작된 책장은 기성품보다 훨씬 많은 책을, 훨씬 더 단정하고 아름답게 꽂을 수 있다. 화집이나 도록 등을 위한 책장은 별도로 마련하는 게 좋다.

위에 쓴 내용은 대개 1000권 이상의 책을 가진, 흔히 애서가라 불리는 사람들에게 적합한 이야기일지도 모른다. 일정 수준 이상의 경제적 지출을 감수해야 하기 때문이다. 좋은 수종으로 만든 책장, 책의 크기와 연동되는 책장을 가지기 위해서는 주문제작을 할 수밖에 없으며, 주문제작 가구는 기본적으로 고가이다.

하지만 책을 사랑한다면, 책에 담긴 내용만큼 책이라는 형식을, 육체를 사랑한다면 깊이 고민해볼 문제라고 말하고 싶다. 올바른 문화라는 것, 아름다운 사랑이라는 것은 결국 선택과 집중이 아니라 '균형'의 문제라고 생각하기 때문이다. 책을 사랑하는 사람이 가져야 할 균형이, 책장에 있다.

책상
— 온전한 나를 대면하기 위한 필수품

서재의 중심은 책상이다. 책상은 서재의 문패와도 같다. 책상이 있다면 그 공간을 서재라 부르기에 충분하다. 어쩌면 누군가에게 가장 완벽한 서재는 책상 하나가 놓인 적절한 크기의 텅 빈 공간일 것이다. 책장이 인풋의 장치라면 책상은 아웃풋의 도구이다. 책장이 인트로라면 책상은 메인 스토리라고 할 수 있다. 책상은 '나'라는 주체성의 기물적 상징이다. 독립된 인간은 반드시 자기만의 책상을 소유해야만 한다.

이 책을 통해 내가 당신에게 바라는 바를 단 하나만 말하라고 한다면, "어떻게든 당신만의 책상을 가져라!"이다. 당신만의 책, 당신만의 노트, 당신만의 연필, 당신만의 지우개, 당신만의 스탠드 조명을 둘 수 있는 당신만의 책상. 목수로서 버지니아 울프의 선언을 빌려 말하자면 이렇다. "내가 할 수 있는 일이라고는 고작해야 별로 중요해 보이지 않는 한 가지 의견, 즉 인간이 주체적으로 살아가기 위해서는 자기만의 책상이 있어야 한다는 의견을 제시하는 것입니다."

돈과 자기만의 방이 여성이 주체적인 인간으로 살아가기 위한 최소한의 조건임에 전적으로 동의한다. 하지만 그것들을 갖기란 버지니아 울프의 선언에서 100년이 지난 지금도 몹시 지난한 일이다. 우리가

최우선으로 소유해야 할 것은 '책상'이다. 어떤 책상
이든 상관없다. 인간은 책상을 소유하고부터 자신을
돌아보고 손끝을 움직이게 된다. 다시 한번 시인 이
상의 말을 빌려 부언하자면, 책상이 없는 사람은 재
산이 없는 사람처럼 가난하고 허전한 사람이다.

페터 한트케의 책상이 말하는 것

'서재'나 '책상'이라는 단어를 들으면 반사적으
로 떠오르는 사진이 한 장 있다. 〈베를린 천사의 시〉
로 유명한 영화감독 빔 벤더스가 하루는 뉴욕에 사는
친구 페터 한트케를 방문한다. 그 무렵 페터 한트케
는 센트럴 파크 동쪽에 있는 한 호텔에서 수도승처럼
세상을 등지고 소설 『느린 귀향』을 집필 중이었다. 빔
벤더스는 가지고 다니던 카메라로 그의 책상을 한 장
찍고, 함께 산책하다가 엉덩이 높이에 카메라를 두고
스냅숏 한 장, 그리고 헤어지면서 저만치 멀어지는
페터 한트케의 뒷모습 한 장을 찍는다.*

빔 벤더스가 스냅으로 찍은 페터 한트케의 책

---

*   빔 벤더스, 이동준 옮김, 『한번은,』, 이봄, 2011

상. 그 흑백사진 한 장은 서재와 책상의 의미에 관한 거의 모든 것을 담고 있다. 호텔방 한쪽 구석에 놓인 작은 책상. 책 두어 권과 몇 뭉치의 서류만 놓여 있는 나무 책상 하나. 고정된 자기 소유의 공간이 아니어도, 장서가 꽂힌 별도의 책장이 있지 않아도, 한 작가에게는 그 책상 하나가 놓인 공간이 아마도 세상에서 가장 완벽한 서재였으리라. 빔 벤더스가 페터 한트케와 헤어지며 찍은 뒷모습에는 친구의 방문조차도 혼란스럽고 번거로운, 오직 작은 책상 하나에서 자기 삶의 시작과 끝을 느끼고 바라보는 한 인간이 담겨 있다. 쓸쓸하고 불완전해서 완전한 인간의 모습이다. 어떤 사람에게 '자기만의 방'이란 어쩌면 버거운 것일 수도 있다. 하지만 '자기만의 책상'이란 얼마나 적절한 사물인가?

빔 벤더스가 촬영한 페터 한트케의 책상을 아무리 들여다보아도 수종을 알 수 없다. 흑백사진 속의 작은 책상은 그저 '오로지 책상'일 뿐이다. 목수인 나는 흑과 백으로 나타난 그 책상을 보며 상상에 빠진다. 나라면 저 책상을 어떻게 만들까? 어떤 나무와 형태가 호텔방 한구석에 놓인 책상의 단일한 직설을 담을 수 있을까?

화이트오크라는 이름이 다시 떠오르는 데는 오랜 시간이 걸리지 않았다. 책장도 그렇지만 책상에 가장 적합한 수종 역시 화이트오크라고 생각한다. 흔히 '나무의 왕'이라고 불리는 오크 중에서도 화이트오크는 그 특유의 색과 크고 유려한 나뭇결로 명성이 높다. 하지만 내가 화이트오크를 좋아하는 가장 큰 이유는 촉감 때문이다. 책상은 가구 중에서 가장 신체 접촉이 많은 품목이다. 캐비닛 종류나 책장은 사실 바라볼 뿐 만질 일이 거의 없다. 수납장이나 서랍장 역시 손이 닿는 것은 손잡이일 뿐 실제 나무와 접촉하는 경우는 적다. 하지만 책상은 다르다. 책상 위에는 늘 팔이, 손이 머문다. 흔한 일은 아니지만(혹은 흔하디흔한 일이지만), 심지어 책상에 얼굴을 묻고 엎드려 자기도 한다. 나무 침대에서 우리 몸이 닿는 부분은 나무가 아니라 매트리스나 이불이다. 그런 의미에서 어쩌면 책상은 인간의 얼굴이 닿는 유일한 가구라고 억지를 부려볼 수도 있겠다.

화이트오크의 촉감을 한마디로 말한다면 '단단함'이다. 화이트오크로 만든 책상을 손으로 쓰다듬으면 묵직하고 든든한 안정감이 느껴진다. 아버지와 거실 소파에 나란히 앉아 텔레비전을 보는 느낌이랄까. 화이트오크는 그만큼 듬직하고 신뢰감을 주는 나무이다.

　화이트오크와 상대하는 나무는 하드메이플이다. 하드메이플은 대단히 섬세하고 곧은 여성을 연상케 한다. 화이트오크가 크고 선명한 나뭇결을 가지고 있다면, 하드메이플은 가늘고 섬세한 나뭇결을 지녔다. 두 나무 모두 내가 몹시 사랑하는 나무이다. 오크는 잘못 만지면 깨진다. 하드메이플은 잘못 만지면 찢어진다. 두 나무의 물성은 서로 극점에 있으나 신뢰감을 주는 촉감을 가졌다는 점에서는 상통한다.

　아무튼 목수로서 나의 선택은 화이트오크이다. 방향성이 적은 결을 지닌 화이트오크를 고른 후 단정한 상판 하나와 되도록 수직에 가까운 직결로 이루어진 곧은 다리 네 개로만 구조를 잡겠다. 책상의 길이는 1460mm, 폭은 680mm. 사포는 320방으로 마무리하고, 오스모 오일에 약간의 갈색 피그먼트를 개서 마감을 칠 것이다. 바니시 없이 오일만 일곱 번. 시간이 지남에 따라 약간의 황변 현상이 생기겠지만, 갈색의 피그먼트가 황변을 지저분함이 아니라 자연스러움으로 유도할 것이다. 바니시를 바르지 않았으니 자잘한 생활 스크래치와 얼룩이 수없이 생기겠지만, 그 역시 사용자의 습관과 시간을 담은 파티네이션으

로 남을 것이다. 6개월에 한 번씩 같은 오일을 발라준
다면 더할 나위 없겠다. '신상'의 반짝임은 없겠지만,
10년을 써도, 20년이 흘러도 바래고 깊어진 책상으
로, 늘 그 자리에 있었던 것처럼, 마치 그 자리가 자신
이 나고 자란 공간처럼 보여지는 책상으로 남을 것이
다. 페터 한트케의 『느린 귀향』이 쓰인 것처럼 그 책
상 위에서는 또 다른 소설이, 시가, 희곡이, 편지가 쓰
일 것이고, 다시 페터 한트케의 희곡이, 카프카의 소
설이, 이성복의 시가, 누군가의 편지가 읽힐 것이다.

미니멀리즘을 둘러싼 오해들

페터 한트케의 책상은 흔히 말하는 미니멀한 책
상의 전형을 보여준다. 그 흔한 탁상시계나 조명 하
나 없이 책과 서류, 필기류 등 최소한의 것으로만 구
성되어 있다. 다시 말하겠지만, 미니멀리즘은 세간의
오해와 달리 '모든 것의 정답'이 아니다. 하지만 또
하나의 정답인 것은 사실이다. 미스 반 데 로에 같은
20세기 초 건축가부터 당대의 카림 라시드까지, 세계
의 디자인과 문화를 주도해온 인물들은 한결같이 미
니멀리즘의 가치를 강조한다. 미니멀과 컬러의 조합

을 통해 21세기 가장 중요한 디자이너로 등극한 카림 라시드는 자신이 생각하는 책상의 이상적인 모습에 대해 이렇게 말한다. "책상 위는 깔끔해야 한다. 깨끗해야 한다. 그리고… 텅 비어야 한다(Keep your desk neat, clean and… empty). 책상 위에는 꼭 있어야 할 것만 두라. 컴퓨터, 전화기, 전기스탠드, 펜, 종이, 그것으로 끝이다. 나머지는 치워도 된다. 파일은 서랍 속에 넣고, 참고서적은 선반에 올려놓아라. 책상을 치울수록 정신은 맑아질 것이다… 책상에서 지저분하게 음식을 먹지 않도록 하라."* 군이 카림 라시드를 언급하지 않더라도 작은 책상, 작고 단정한 책상의 미덕은 새삼 강조할 필요가 없다. 작고 단정한 책상은 나를 나에게 집중하게 하는 힘이 있다.

하지만 책상에 대해 사람들이 잊고 있는 '또 하나의 정답'이 있다. 바로 온갖 물건이 놓인 크고 널찍한 책상이다. 책과 서류, 노트와 시계, 페이퍼 나이프, 잉크병과 필통, 커피가 눌어붙은 머그잔 서너 개 등이 난리통처럼 쌓여 있는 크고 넓은 책상 말이다.

* 카림 라시드, 이종인 옮김, 『나를 디자인하라』, 미메시스, 2015

수많은 디자이너가 강조함에도 불구하고 멋지게 표현된 미니멀리즘을 쉽게 만날 수 없는 것은 한번도 제대로 쌓아보지 못한 사람들에게 없애기부터 요구하는 상업의 얕은 상술 때문이다. 단칸방을 원룸으로 둔갑시켜 더 비싸게 팔아먹는 것처럼 가난을 포장해 더 비싸게 팔기 위한 상업의 얕은 상술.

그래서 대부분의 현대 미니멀리즘은 미니멀리즘이라기보다 빈약함으로 읽히고, 보인다. 채워보지 못한 사람이 비우기부터 한다는 것은 체르니도 연주하지 못하면서 피아노부터 부수는 행위예술가처럼 어색할 수밖에 없다.

어지러움에는 어지러움의 미학이 있다. 깨끗하게 계획된 신도시의 아름다움 외에도 스스로 태어나고 성장하며 어지러이 생성된 구도시 달동네의 아름다움이 있는 것과 같다. 어지러움에는 내 행위의 자연스러움이 만들어낸 규칙과 배열이 있다. 그것은 미니멀리즘이 보여주는 멋과 또 다른 멋이다. 크고 산만한 책상의 중요성에 대해 강조하는 것은 자신에게 맞는 스타일을 고수하는 것이 옳다는 것의 재확인이다. 언젠가부터 작고 단정한 것이 크고 어지러운 것에 비해 더 도덕적인 것으로 인식되고 있다. 그 도덕성을 주장하는 사람들은 실제로는 크고 어지러운 것을 취하고 있음에도 불구하고 그렇다.

서재 전문 목수라 자칭하는 나는 길이 2m 40cm에 넓이 90cm인 커다란 책상을 쓰고 있다. 책상 위에는 언제나 읽어야 할 자료들, 읽은 자료들, 어제 산 책들, 방금 참고한 책들, 참고해야 할 책들, 독서대, 나무 필통과 휴대용 가죽 필통, 색연필 세트, 스테이플러, 많은 종류의 포스트잇, 줄자와 삼각자, 커터칼과 머그잔 등이 어지럽게 널려 있다. 나의 책상을 본 사람들은 한결같이 "책상이 이게 뭐니? 정리를 잘 해야 집중이 잘 되지."라든지 "가구는 그렇게 미니멀하게 만드는 분이 의외네요." 식의, 나로서는 잘 이해되지 않는 비판의 말과 눈빛을 보낸다. 나는 '한결같은 것'은 뭐든 의심을 하는 편이다. 왜 물건들이 석탑처럼 쌓여 있는 크고 산만한 책상에 대해 사람들은 '한결같이' 부정적일까?

나는 그것이 앞서 말했듯이 상업의 의도에 맞게 주입된 미니멀리즘이라는 '정답' 때문이라고 생각한다. 세상 모든 것에 통용되는 한 가지 스타일이 있을 수 없듯 미니멀한 책상만이 모두에게 적합한 책상이 아니라는 것은 조금만 생각해보아도 자명하다.

세계적인 디자이너 폴 스미스. 영국 코번트 가

든에 있는 그의 유명한 사무실 사진은 대단히 많은 것을 시사한다. 장 프루베의 'Compass Table'과 톰 딕슨의 'S-Chair', 게리트 리트벨트의 'Red/Blue Chair'가 있는 예전 사무실부터 최근의 사무실까지, 폴 스미스의 사무실은 사람이 겨우 움직일 수 있을 정도의 공간을 제외하고는 온갖 물건들로 가득 차 있다. 심지어 그의 책상은 과연 결재서류 하나 놓을 공간이 있을까 싶을 정도로 어지럽다. 나는 한가할 때면 가끔 한 웹사이트(http://www.gigapan.com)를 통해 그의 사무실을 구석구석 살펴보고는 한다. 책장과 바닥에 어지럽게 놓인 책들의 제목을 훔쳐보고, 빼곡히 걸린 그림들을 구경하고, 책상과 낮은 책장에 쌓인 장난감과 공룡 인형, 지구본, 아직 포장을 뜯지 않은 소포들을 구경한다.

나는 폴 스미스의 책상에서 '무인양품'의 디자이너 하라 켄야가 주장하는 미니멀리즘에 충실한 가구에서는 만날 수 없는 아름다움을 느낀다. 사람들이 말하는 '작고 단정한', '정리가 잘 된'이라는 기준은 구경꾼의 기준일 뿐 실제 책상을 쓰는 주인의 시각에서 표현되는 것이 아니다. 폴 스미스 역시 "사무실을 찾아오는 사람들은 세상에 이런 카오스가 어디 있냐고 말하지만, 내게는 더없는 질서가 잡힌 공간"이라고 설명한다. 그의 책상을 '카오스'라고 말하는 사람은 그 책상과 상관없는 외부인일 따름이다. 정작 책상을 사용하는 폴 스미스에게는 '더없는 질서'가 있는 책상인 것이다.

취향에는 옳고 그름이 없다

덧붙이자면, '취향'이란 지극히 개인적인 요소이다. 세상 모두가 찬사를 보낸다 하더라도 다른 누군가의 취향이 내 것이 될 수는 없다. 작고 단정한 책상은 아름답다. 하지만 그 아름다움이 반드시 나의 아름다움일 필요는 없다. '카오스의 책상'을 소유한 폴 스미스 역시 나와 같은 타인들의 반응을 경험했음이 분명하다. 그는 취향에 대해 이렇게 말한다. "나는 취향에 대해 결론을 내리고 싶어 하는 사람들이 이상하다. 나는 더 이상 좋은 취향과 나쁜 취향을 나눠 생각하지 않는다. 나쁜 취향을 불편해하는 사람들이야말로 취향이 나쁘다는 것을 알게 됐기 때문이다. 나는 모든 종류의 취향에 열려 있는 사람이다. 유일하게 참을 수 없는 것이 있다면 매너 없는 태도이다."* 취향에는 옳고 그름이 없다. 타인의 취향을 질책하는 태도만이 유일하게 그를 뿐이다.

　온갖 사물로 어지러운 크고 넓은 책상을 갖는 것은 크고 복잡하고 어지러운 세상을 내 앞에 두는 것이다. 한국의 북쪽 어느 작은 마을에 사는 내게 세상은 대단히 크고 복잡하고 어지럽다. 세상이 아무리 그렇더라도 거기에 쓸려 다니며 살 수는 없다. 이 복잡한 세상을 읽고 분석해 나만의 대처 방식과 룰을 만들고 정리하는 것, 이것이 내가 나의 크고 어지러운 책상에서 하는 일이다.

　나는 서재와 책상을 말하는 사람들에게 이야기한다. 되도록 크고 넓은, 당신이 당신의 생각과 사물을 마음껏 늘어놓을 수 있는 크고 넓은 책상을 먼저 가져보라고. 세상에서 당신이 온전히 당신 자신으로 살아가는 첫걸음이 뜻밖에도 그 책상에서 시작될 수 있다고.

*　폴 스미스·올리비에 위케르, 김이선 옮김, 『폴 스미스 스타일』, 아트북스, 2012

— 저자의 말에서, 이상

이상

적은 돈을 써도 '사치'인 물건이 있고, 많은 돈을 써도 '럭셔리(luxury)'인 물건이 있다. 패션 디자이너 샤넬의 말처럼 럭셔리의 반대말은 빈곤이 아니라 천박함이다. 우리는 사치를 천박함이라 부른다. 럭셔리와 천박함의 경계를 나는 '취향'이라고 본다. 사용자의 깊은 취향이 담기지 않은 채 브랜드와 가격에만 기댄 제품을 나는 사치라 쓰고 천박함이라고 읽는다.

그런데 취향과 관계없이 아무리 많은 돈을 써도 오히려 '부족하다'고 말할 수 있는 물건들이 있다. 가구에 한정해 말하자면 '의자'와 침대의 '매트리스'가 그것이다. 매트리스는 가구라고 보기 어려우니 의자가 유일하다 하겠다. 나는 침대 프레임을 주문하러 온 고객에게는 반드시 어떤 브랜드의 매트리스를 쓰느냐고 물어본다. 만약 매트리스가 충분한 수준의 것이라면 흔쾌히 침대 프레임을 제작하지만, 그렇지 않은 경우 프레임은 저가의 제품을 구매하고 여분의 돈을 매트리스에 투자하라고 권유한다. 침대와 의자만은 멋과 품격을 떠나 무조건 기능이 우선이라고 생각하기 때문이다.

럭셔리, 구두에서 시작해 의자에서 끝난다

직립보행은 인간에게 커다란 영향을 끼쳤다. 일반적인 학설에 따르면, 직립보행은 인간에게 팔과 손의 자유를 가져왔고, 이는 인간이 도구를 사용하는 계기가 되었다고 한다. 인간은 도구를 씀으로써 '만물의 영장'이 되었다. 직립보행이 인간을 지금의 존재로 진화시킨 결정적 계기였는지에 대해서는 논란의 여지가 있지만, 확실한 것은 인간의 '척추'에는 재앙이 되었다는 사실이다. 직립보행 이후 인간은 요통, 특히 허리 디스크라 불리는 '척추 추간판 탈출증'에 시달리기 시작했다. 무릎 관절과 관계된 병명들도 신조어가 되어 일반화되었다.

인간의 하루는 '서기'와 '앉기' 그리고 '눕기'로 채워져 있다. 서기가 신발과 연동된 문제라면 눕기는 매트리스, 앉기는 의자와 직결된다. 척추와 앉기라는 두 단어는 자연스럽게 의자의 중요성을 인정하게 한다. 그 때문에 인간이 직립보행을 계속하는 한 의자에는 아무리 비싼 값을 지불해도 합리적이라 말할 수 있을 것이다. 아니, 더 비싼 값을 치를수록 그만큼 합리적이라고 말할 수 있다.

사실 현대의 많은 연구자는 되도록 의자를 사용하지 말라고 권유한다. 특히 의자를 장시간 사용하는 문제에는 모든 연구자가 반대의 뜻을 밝히고 있다. 이런 연구 결과는 의자의 생산에 영향을 미치기 시작했다. 기존의 의자를 만들 때 푹신함을 추구했다면, 최근의 의자 제작 경향은 딱딱함을 넘어 '앉지 않은 듯한 의자'로까지 진화하고 있다. 대표적인 예로 '스티츠 체어(Stitz chair)'가 있다. 스티츠 체어는 하나의 지지점이 땅에 닿은 채 서 있는 의자이다. 사람이 앉으면 자연스레 기울었다가 일어나면 오뚝이처럼 꼿꼿하게 선다. 이러한 특징은 이미 제품명에 녹아 있다. '스티츠'는 '서다'라는 뜻의 독일어 'steh'와 '앉다'라는 뜻의 'sitz'를 합쳐서 만든 말이다.[*]

스티츠 체어와 스탠딩 데스크(standing desk)의 유행은 직립보행과 의자가 가져온 문제점을 해결하려는 노력으로 보인다. 하지만 오래 앉아 있는 것과 의자에 대한 문제점들이 아무리 대두된다 해도 의자의 중요성이 낮아지는 것은 아니다. 침대에 눕기 전까지 계속 걷거나 서 있을 수는 없기 때문이다.

가구 디자이너들이 이해하지 못하는 사실이 하

[*] 김상규, 『의자의 재발견』, 세미콜론, 2011

나 있는데, 바로 사람들이 의자에 돈을 쓰는 것을 무척 아까워한다는 점이다. 의자 디자이너로 활동하기도 한 서울과학기술대학교 김상규 교수는 자신의 저서 『의자의 재발견』에서 이렇게 토로하고 있다.

"가끔 지인들이 의자를 추천해달라고 할 때가 있다. 가구 골목에 즐비한 의자들은 영 내키지 않는다면서 괜찮은 의자를 찾는다는 것이다. 이런저런 특징들을 이야기하면서 몇 가지를 추천해주면, 결국엔 마음에 들어 하지 않던 '가구 골목에 즐비한 의자' 중 하나를 구입하는 이들이 많았다. 형편이 어려운 사람들도 아닌데 왜 굳이 내키지 않는 의자를 사는지 이해할 수 없었다."[*]

나 역시 사람들이 의자와 매트리스에 돈을 아끼는 것을 이해하기 힘들다. 기능적으로 큰 차이가 없는 테이블에는 수백만 원을 기꺼이 지불하면서도 건강에 직결된 의자에는 몇십만 원도 비싸다며 손사래를 친다. 수백만 원에서 1000만 원대에 이르는 평상형 월넛 침대를 주문하겠다면서 막상 매트리스는 100만 원도 안 하는 제품을 쓴다는 고객을 만날 때만큼이나 당혹스럽다.

[*] 위의 책

목수로서 사무직에 종사하는 독자들에게 꼭 조언하고 싶은 것이 있다. 회사에서 본인이 쓰는 의자는 자비를 들여서라도 고가의 제품을 고르라는 것이다. 많은 사람이 입사를 하고 자리를 배정받으면 자신이 직접 구매한 필통이나 액자, 마우스패드 등을 정성스럽게 세팅한다. 하지만 그보다 먼저 전문가와의 상담이나 꼼꼼한 검색을 통해 구입한 의자를 가지고 가는 것이 훨씬 현명하다. 한 의자 회사의 광고 카피처럼 30만 원짜리 신발은 흔쾌히 사면서 의자는 4~5만 원짜리를 쓰는 것을 현명한 소비라고 말하기 어렵다. 첫 월급으로 의자를 산다는 덴마크 사람들처럼 첫 월급을 받으면 사무실에서 쓸 자기만의 의자를 준비하는 것은 어떨까?

가까운 지인의 개인 사무실이나 작업실 오픈 선물도 크게 고민할 필요가 없다. 여럿이 돈을 모아 좋은 의자를 선물하면 된다. 허먼 밀러 사(社)의 '에어론 체어(Aeron Chair)'라면 훌륭한 선택이다. 1994년에 등장한 에어론 체어는 사무실용 고기능성 의자의 선구자라 할 수 있다. 디자이너 돈 채드윅과 빌 스텀프가 주도하고 정형외과 의사와 혈관학 전문가까지 참여한 초유의 프로젝트를 통해 탄생한 에어론 체어는 전 세계적으로 수백만 개나 팔린 사무용 의자의 베스트셀러이자 스테디셀러이다. 에어론 체어를 선물한다는 것은 척추를 위한 기능적인 목적과 역사적인 디자인을 소유한다는 상징적인 의미를 동시에 충족하는 일이다. 국내에서는 100만 원대 중후반에서 구매할 수 있다.

물론 소비라는 것, 값을 지불한다는 것의 가장 중요한 사항이 '기능'이 아니라는 점은 분명하다. 하지만 적어도 의자와 매트리스를 구입할 때만큼은 '낮은 가격과 디자인'이 아니라 '기능'에 집중할 필요가 있다. 거기에 디자인사(史)적인 의미까지 더한 의자라면, 기능을 넘어 선물하는 이의 '수준'까지 상승시키는 절묘한 선택이라 할 수 있다.

"럭셔리는 구두에서 시작해 가구에서 끝난다." 라는 말이 있다. 오늘날 한국의 럭셔리는 구두 끝에 매달린 초보적인 수준에 머물고 있다. 한국 럭셔리의 수준이 가구로 진화한다면 그 시작은 마땅히 의자가 되어야 할 것이다.

의자보다 아름다운 스툴과 벤치, 이지 체어

"의자 만들기 어렵죠?" "의자를 하나 만들어보고 싶습니다." 목수인 내가 가장 많이 받는 질문들이다. 의자만큼 많은 의미와 환상을 품은 가구가 또 있을까. 의자는 단순히 '앉는' 기능을 가진 가구가 아니다. 미국 HBO 드라마 〈왕좌의 게임〉이나 '체어맨(chairman)'과 같은 단어, "김 대리, 의자 빼고 싶어?" 같은 협박성 관용구처럼 의자는 사회적 위치나 자리를 의미한다. 의자가 갖는 다층적인 의미 때문일까? 많은 디자이너와 건축가, 목수들에게는 자신이 디자인한 의자 하나 정도는 있어야 비로소 작업자로 인정받는 듯한 분위기가 있다. 실제로 그들 중에는 자신이 디자인한 의자를 홈페이지나 브로슈어의 메인 이미지로 쓰는 경우가 많다.

나는 기본적으로 의자를 만들지 않는다. 일단 의자는 목수가 직업인 내게 돈이 되지 않는다. 오히려 손해인 경우가 많다. 의자는 가구 중에서도 가치와 가격이 불균형한 대표적인 품목이다. '의자가 중요하다', '좋은 의자를 갖고 싶다'는 생각은 누구에게나 있다. 하지만 그들에게 높은 가격을 설득시키기란 거의 불가능에 가깝다. 김상규 교수 역시 "지인들

이 생각하는 의자의 가격대와 '괜찮은 의자'의 가격
대가 맞지 않았다는 것을 나중에야 알게 되었다."*라
고 고백한다.

　　의자는 작지만 손이 많이 가는 가구이다. 그래
서 많은 이가 만들기 힘들다고 하는지도 모르겠다.
의자를 하나 만들려면 다이닝 테이블 하나 만드는 것
만큼 손이 간다. 하지만 사람들은 다이닝 테이블엔
수백만 원을 지불하면서도 의자에는 단돈 10만 원도
아까워한다. 테이블과 구색을 갖추기 위해 의자를 만
든다 해도 막상 의뢰가 들어오면 난감해진다. 의자
가격을 들은 고객들의 표정이 황당함으로 바뀌면서
분위기가 어색해지기 때문이다. 목수가 직업인 내가
의자를 멀리할 수밖에 없는 이유이다.

　　의자를 만들지 않는 대신 스툴(stool)이나 벤치
작업은 즐겨 하는 편이다. 의자 문화가 열악한 한국
에서 스툴과 벤치의 유용함과 멋에 대해 말한다는 것
이 멋쩍기는 하다. 하지만 공간의 어느 빈 구석 혹은
복도의 한쪽 벽에 의자 하나가 덩그러니 놓여 있는 풍
경이 아름다운 것처럼 무심히 놓인 스툴 하나, 한쪽

*　　위의 책

벽에 놓인 긴 벤치 하나가 주는 아름다움은 몹시 매력적이다. 적절히 놓인 의자는 매혹적인 정물임에 틀림없다.

서재에서 의자는 중요하다. 서재의 아름다움은 물론이거니와 서재 주인의 척추 건강을 위해서도 그렇다. 하지만 아름다움이라는 측면에서 본다면, 스툴과 벤치도 못지않다.

언젠가 유명한 여성 소설가의 집에 방문한 적이 있다. 내 마음을 단번에 사로잡은 것은 과하다 싶을 정도로 크고 넓은 책장이 아니었다. 3m에 가까운 책상 앞에 놓인 벤치였다. 미혼 시절 구입했다는 1m 20cm 정도 길이의 벤치 하나가 그의 책상과 문 사이에 놓여 있었는데, 왼쪽 가장자리에는 구본창 작가의 도록을 비롯한 몇 권의 커다란 사진집이 쌓여 있었고, 오른쪽 가장자리에는 곱게 사각으로 접은 패브릭 몇 장이 얹혀 있었다. 엉성하게 제작된 저가의 나무 벤치였지만, 그 배치와 사용은 몹시 적절한 것이어서 지금도 그의 서재를 생각하면 나무벤치가 가장 먼저 떠오른다.

아주 큰 공간을 가지고 있지 않다면, 서재의 가구는 최소화하는 것이 좋다. 언뜻 빈약하고 황량하게 보일 수도 있는 공간에 볼륨과 리듬감을 주는 데는 스툴과 벤치만 한 것이 없다. 스태킹이 되는 네 개짜리 북유럽 빈티지 스툴은 이태원 앤틱 거리에 가면 50만 원대에도 구매가 가능하다. 손님이 몰려왔을 때 의자로 사용해도 되고, 도록처럼 큰 책이나 화분을 올려놓아도 멋스럽다. 벤치 역시 기능과 아름다움에 비해 저렴한 편에 속하는 가구이다. 30만 원에서 100만 원 선이면 적당한 벤치를 살 수 있다. 단, 흔히 말하는 프로방스 스타일의 스툴이나 벤치를 살 때는 더욱 꼼꼼히 살펴보길 바란다. 제대로 된 과정을 거치지 않은 페인트 가구는 시간이 지남에 따라 지저분한 애물단지로 전락할 위험이 크기 때문이다.

또 나는 이지 체어를 구매하라고 자주 권하는 편이다. 실제 책을 읽거나 사색에 잠길 때 혹은 얇고 달콤한 낮잠을 자고 싶을 때 이지 체어만큼 적당한 의자도 없다. 흔히들 별도로 데이베드(daybed)를 구매하고는 하는데, 실제로 사용해보면 이지 체어가 더 적절하다는 걸 알 수 있다.

이지 체어 중 추천하고 싶은 제품은 '임스 라운지 체어'와 우리나라에서는 비교적 덜 유명하지만, 노르웨이의 디자이너인 잉마르 안톤 렐링(Ingmar Anton Relling)이 디자인한 하이백 이지 체어인 '시에스타(SIESTA)'이다.

시에스타 체어는 목수 출신 디자이너인 렐링이 그의 아들 크누트 렐링(Knut Relling)과 함께 1965년에 디자인한 의자로, 너도밤나무를 벤딩해 프레임을 제작했다. 지미 카터 대통령이 임기 중에 백악관을 통해 열여섯 개를 구매하면서 화제가 되기도 했다. 노르웨이 디자인의 아이콘으로 유명한 시에스타 체어는 약간의 탄성이 주는 편안함과 미니멀한 디자인이 주는 시각적 세련됨이 어우러진 명작이다.

찰스 & 레이 임스 부부의 임스 라운지 체어는 국내에서도 워낙 유명한 제품이라 별도의 설명이 필요 없을 것이다. 임스 라운지 체어는 최근 문재인 대통령의 후보 시절 '호화 의자 논란'이 일면서 다시 한번 화제가 되기도 했다. 서민 대통령 후보의 이미지가 강했던 문재인 대통령이 1000만 원에 가까운 임스 라운지 체어를 쓰고 있다는 것이 알려지면서 세간의 입방아에 오르내린 것이다.

사치와 럭셔리 사이

목수인 나는 문재인 대통령의 임스 라운지 체

어 사용은 현명한 선택이라고 생각한다. 인생을 성실히 산 남자가 명품 의자를 쓰는 것은, 앞서 이야기한 것처럼 사치라고 보기 어렵다. 호화 의자 논란이 일 때 SNS를 통해 퍼진 사진은 그가 임스 라운지 체어에 앉아 책을 읽는 모습을 담고 있었다. 유력한 정치인이며 한 나라의 대통령이 되고자 하는 사람이 독서하고, 사색하고, 휴식하는 의자에 조금 돈을 들였다는 것은 사치라기보다 기능과 효율성을 고려한 럭셔리로 보는 것이 적당하다고 생각한다. 관련 기사에 달린 댓글 중에는 "1000만 원짜리 의자를 쓰면서 7000원짜리 이발소에 다닌다고 서민 코스프레를 한다"는 비난도 있었다. 나는 1000만 원짜리 의자를 쓰고 7000원짜리 이발소에 다니는 것이 현명한 삶이라고 믿고 있다. 솔직히 말하자면, 그에게 별다른 감정이 없다가 '1000만 원짜리 의자, 7000원짜리 이발소'라는 글을 보고 호감을 느꼈다. 내가 생각하는 이상적인 생활의 모습이기 때문이다.

　　나는 낡은 청바지를 입고 지하철로 퇴근해 내 서재에서 에르메스 찻잔 세트에 명품 보이차를 마시는 삶을 꿈꾼다. 그런 삶은 돈만 있다고 가능한 게 아니다. 자기만의 주관과 취향의 깊이 없이는 불가능하다. 럭셔리가 돈과 상관없다는 거짓말을 하고 싶지는 않다. 럭셔리에 돈은 필요조건이다. 하지만 충분조건은 될 수 없다. 앞에서도 말했듯이 돈으로만 이루어진 것을 '사치'라고 부른다. 럭셔리를 '사치'라고 번역할 때 느끼는 불편함은 럭셔리가 사치 이상의 그 무엇을 내포하고 있기 때문일 것이다. 문재인 대통령의 호화 의자 논란은 내게 우리 사회가 아직 '사치'와 '럭셔리'를 구분하지 못하고 있다는 사실을 증명하는 하나의 해프닝으로 읽혔다.

단 한 번의 만남, 단 한 번의 행동, 단 한 번의 선택이 인생을 바꾸는 경우를 종종 본다. 혁명적인 변화가 아니더라도 삶의 기류를 살짝 틀어 순항의 길로 들어서는 경우다. 물건에서는 의자가 그렇다. 서재를 꿈꾸는 사람이라면 혹은 서재가 마련된 사람이라면 '의자'라는 새로운 선택을 고민해볼 필요가 있다.

— 채널을 통리과 회상 혼수 갈상에 규우이아

채

얼굴이 낯익은 택배기사에게 상자 하나를 건네받는다. 어제 점심때 주문한 책이다. 잠시 일을 멈추고 상자를 연다. 책의 상태를 점검하고 장정을 살펴본다. 하와이 대학 문헌정보학과의 레베카 크누스 교수가 쓴 『20세기 이데올로기, 책을 학살하다』이다. 주로 20세기에 발생한 '리브리사이드(libricide)'를 다룬 책이다. '제노사이드(genocide, 인종 말살)'나 '에스노사이드(ethnocide, 문화 말살)'와 달리 리브리사이드는 나에게 생소한 용어인데, 옥스퍼드 영어사전에도 실려 있는 단어이다. 사전에 실릴 정도로 인류의 오래된 전통(?)인 '책 학살'의 역사는 책의 역사에 흥미를 느끼는 이들에게는 역설적이게도 몹시 매력적인 분야이다. 이 책은 내가 처음으로 읽는 책 학살에 관한 것이다. 설레는 마음으로 책장을 펼친다. 500페이지 양장본이 주는 적당한 무게감에 기분이 좋아진다.

이 책에서 제일 궁금했던 5장의 '위대한 세르비아, 발칸의 도살자'를 먼저 펼친다. 발칸이 유럽의 화약고였던 1990년대, '단일민족화'라는 목적 아래 '외국인'들의 존재 증거 자체를 없애기 위해 서로의 도서관들을 무차별적으로 파괴한 기록들이 그네들의 복잡한 역사와 함께 설명되어 있다. 세르비아는 1992년 8월에 보스니아-헤르체고비나 국립도서관을 폭격

했다. 도서관 주변에 물 공급을 중단한 후 소이탄을 쏘아 불을 지른 것이다. 기관총과 박격포를 끊임없이 쏘아대며 사람들이 도서관의 책을 구하지 못하게 만들었다. 폭격의 경과에서 보듯이 이 대대적인 학살의 대상은 '사람'이 아니라 '책'이었다. 사람 대신 책에 포탄을 쏟아붓는 장면은 책과 인간에 대한 많은 시사점을 안겨준다. 발칸 지역에서 자행된 책의 학살은 진시황의 '분서갱유'가 먼 전설처럼 느껴졌던 것에 비해 마치 옆 동네 다툼처럼 현실적이다. 인간의 이데올로기가 지닌 잔인함과 그 잔인함의 표적이 될 만큼 강력한 '책'이라는 물건의 힘이 에게 해의 아름다운 석양과 대비되며 떠올랐다.

아직 오후 3시도 안 됐지만 퇴근하기로 한다. 어차피 온 신경이 이 책에 가 있어 목공이 될 리가 만무함을 알기 때문이다. 서둘러 공구를 정리하고 주변을 청소한 뒤 책을 옆구리에 낀 채 공방을 나선다. 공방에서 멀어져 서재에 가까워질수록 나는 목수에서 독서가로 변모한다. 조선시대를 기준으로 한다면 천민에서 양반으로 신분이 바뀌는 순간이다.

1년을 벌어야 살 수 있는 책 한 권

새 책을 손에 쥘 때마다 나는 늘 작은 감동을 느낀다. 책이라는 흥미로운 물건을 손쉽게 구하고 누릴 수 있다는 사실 때문이다. 인간은 너무 쉽게 새로움에 익숙해진다. 나 같은 일반인이 원하는 책을 이렇게 쉽게 구해 읽게 된 것은 겨우 100년 남짓한 일이다. 책은 근대에 이르기까지 사치품에 가까운 고가의 물건이었다. 동서양을 막론하고 귀족과 평민, 혹은 양반과 상민이라는 계급의 경제 수준 차이는 지금의 '양극화'라는 단어를 대입하는 게 무색할 정도로 극단적이었다. 시기나 지역에 따른 극소수의 예외를 제외하면, 평민이란 일용할 양식을 구하는 데 온 삶을 바쳐야 해서 표현 그대로 '먹기 위해 사는지 살기 위해 먹는지'가 구분되지 않는 삶을 살았다. 일반인이 책을 소유한다는 것은 상상도 못 할 일이었다.

종이의 역할을 대신했던 고대의 파피루스나 양피지, 비단 등이 굉장한 고가였음은 쉽게 짐작할 수 있다. 파피루스는 이집트가 제조 방법을 철저한 비밀에 부쳤을 정도로 첨단 기술이었다. 양피지의 경우 윈체스터 성경을 만드는 데 약 250여 장의 송아지 가죽이 쓰였는데, 그것도 미리 모아놓은 2000장 넘는 가죽 중에 흠집 없는 양질의 것만 사용했다고 하니 가격을 논하는 것이 무색하다. 물론 이 시대의 책은 지금의 책과는 의미가 완전히 다른, 일종의 상징물로 보는 것이 적절하기에 일반적인 경제 가치로 파악하는 데는 무리가 있다.

그렇다면 우리 역사 속의 책값, 그러니까 조선 전기의 책값은 얼마였을까? 『중종실록』에는 어득강의 말이 다음과 같이 기록되어 있다. "외방의 유생 중에는 비록 학문에 뜻이 있지만 서책이 없어 독서를 하지 못하는 사람도 또한 많이 있습니다. 궁핍한 사람은 책값이 없어 책을 사지 못하고, 혹 값을 마련할 수 있다 해도 『대학』이나 『중용』 같은 책은 상면포 서너 필은 주어야 살 수 있습니다." 『조선시대 책과 지식의 역사』를 쓴 강명관 교수에 따르면, 면포 서너 필은 쌀 스물한 말에서 스물여덟 말 정도로 환산된다. 그 정도면 논 두세 마지기에서 소출되는 양이라고 한다. 물론 농업 기술의 발전이나 물가 등을 고려하지 않은 단순 환산이다. 논 한 마지기가 대략 200평 정도이니 지금 기준으로 세 마지기 즉 논 600평의 생산물로 계산해보면 840kg 정도이다. 현재 대형 마트에서 이천 쌀 20kg이 평균 4만 원쯤 하니 대략 168만 원 정도로 볼 수 있다. 조선 전기에 『중용』 한 권의 가격은 대략 168만 원이었던 셈이다.

사실 이 어설픈 계산도 농업 기술의 발달로 인한 생산량 증대와 그에 따른 쌀값 하락을 고려하지 않은 셈법이다. 강명관 교수는 일제 강점기 머슴의 1년 치 품삯을 예로 들며, 머슴이 1년을 고생해야 『대학』이나 『중용』 한 권을 살 수 있었다면서 "오늘날 한 필에 60~70만 원 정도 하는 안동포 서너 필과 『중용』번역본 한 권을 바꾸자고 하면 정신질환자 취급을 받을 것"이라고 말한다. 성백효 번역의 『대학』과 『중용』 합본인 『대학·중용집주』의 현재 판매 가격은 1만 원이다. 비록 객관성을 담보할 수 없는 계산법들이지만, 조선 전기의 책값이 얼마나 비쌌는지는 짐작할 수 있다. 『성종실록』에는 "우리나라에는 비록 조관(朝官)의 집이라도 사서·오경을 소장하고 있는 사람이 적습니다."라는 시강관 최숙정의 간언이 기록되어 있다. 관직에 나간 사대부마저도 유학의 기본 서적인 사서와 오경을 소유하기가 만만치 않았음을 알 수 있다. 내가 이번에 주문한 『20세기 이데올로기, 책을 학살하다』의 정가는 2만 6000원이다. 새책이 품절이라 중고서점에서 1만 3000원에 샀다. 앞서 말했듯이 500페이지가 넘는 양장본이다. 나는 경제적으로 그리 넉넉지 않은 서민이지만, 책값을 결제하기 전에 며칠씩 고민하는 일은 없다. 결제 버튼을 클릭하는 손이 떨리지도 않는다. 적어도 책의 소유에 있어서는 조선을 건국하고 500년 왕국의 틀을 잡은 집권 세력보다 21세기의 이름 없는 목수인 내가 훨씬 부자인 것이다.

인쇄술이 활성화되었던 18세기 유럽의 상황도 크게 다르지 않았다. 당시 유럽의 구체적인 책 가격에 대해서는 다소 차이를 보이는 다양한 연구들이 있는데, 이 연구들의 한결같은 결론은 18세기에도 책은 여전히 '값비싼 재화였다'는 것이다. 1812년에 출간된 바이런의 『차일드 해럴드의 편력』이라는 책의 경우 하녀 6주 치의 주급을 내야 살 수 있다는 기록이 있다. 책값이 노동자의 한 달 반 치 월급이었음을 추측할 수 있다. 당시 책의 높은 가격에는 종이와 유통망이 한몫했다. 1770년 스위스에서 출판된 올바크 남작의 『자연의 체계』의 제작 단가를 기록한 자료를 살펴보면, 8절 판형 한 권을 1670부 인쇄하는 과정에서 종이가 전체 예산의 63%를 차지했다고 기록되어 있다.* 18세기 유럽의 출판 유통체계 역시 책값상승에 큰 요인이 되었다. 특히 금서(禁書) 지정이 흔했던 당시의 상황은 특수한 결과들을 가져왔다. 프랑스의 경우 금서와 외설물들은 스위스 출판업체에서 프랑스 독자의 손에 쥐어지기까지 정교하게 조직된 비밀 네트워크를 통해 긴 여정을 밟았다. 이 과정에서 책값에는 원래 가격보다 높은 프리미엄이 붙었는데, 앞서 예를 든 올바크 남작의 『자연의 체계』는 원래 소매가가 4리브로였으나 파리에서는 10리브로에 팔렸다.**

책이라는 물건의 아이러니

언젠가부터 나는 책을 쉽게 읽는다. 책을 읽을 때 중압감을 느끼지 않는다. 책의 저자와 내용에 대해서도 별다른 권위를 느끼지 않는다. 그저 점심 먹고 잠깐의 개운함을 위해 마시는 카페모카 한 잔과 같다. 일회용 컵을 버리듯 책도 쉽게 버린다. 그렇게 된 데에는 여러 이유가 있지만, 책이 '저렴한 물건'이라

* 마틴 라이언스, 서지원 옮김, 『책, 그 살아 있는 역사』, 21세기북스, 2011
** 위의 책

는 깨달음도 한몫했다.

책이 저렴한 혹은 상대적으로 '싸구려 물건'이
라는 조금 극단적인 깨달음은 책에 대한 내 오랜 의문
하나를 더 크게 만들었다. 나는 커피를 잘 못 마시지
만, 하루에 아이스 카페모카 한 잔은 늘 마시는 편이
다. 간단한 점심식사 후 아이스 카페모카와 머핀 하나
를 먹는 것은 내 오랜 즐거움이다. 카페모카는 한식이
주는 약간의 텁텁함을 달콤한 개운함으로 바꿔주는
신기한 희석제이기 때문이다. 보통 아이스 카페모카
한 잔이 6500원 정도 한다. 카페모카 두세 잔의 가격
이면 책 한 권을 살 수 있다. 카페모카는 소장품이 아
니라 단순 소비재이다. 또 대부분 사람은 커피를 마
시면서 거기에 대단한 의미를 두지 않는다. 그런데
왜 책은, 자본주의의 매뉴얼에 따르면 커피 두세 잔
과 동일한 가치에 불과한 책은 여전히 이리도 무겁고
과중한 이미지를 가지고 있는 것일까? 값이라는 측면
에서 본다면, 책이란 커피 한 잔처럼 순간의 개운함
을 느낀 후 버리는 소모품에 불과한 것은 아닐까?

실제로 사람들은 무협지나 할리퀸 로맨스를 커
피 한 잔처럼 가볍게 소비한다. 하지만 여전히 책이란
'커다란 삶의 의미를 담고 있는 것', '반드시 필요한
것', '소중한 것'과 같은 둔중한 이미지를 갖고 있다.

심지어 무협지나 대중소설, 에세이 같은 책들을 경시하고, 그 저자나 독자에게 정도에 따른 멸시의 시선을 보내기도 한다. 소위 문화 민주화가 이루어졌다는 이 시대에도 여전히 그러한 경향이 있음을 부정하기 힘들다. 책을 많이 읽는 계층일수록 심한 것도 분명한 사실이다.

나는 커피 두어 잔 값에 불과한 책이라는 물건이 가진 이러한 '무게감'에 깊은 아이러니를 느낀다. 그 무게감은 아마도 책이 사람과 세상을 바꾸는 근본적인 힘 중의 하나라는 믿음에서 비롯되었으리라 짐작된다. 어느 대형 서점의 광고 문구처럼 "사람은 책을 만들고 책은 사람을 만든다"라는 믿음. 결국 책에 한 개인을, 그리고 시대를 바꾸는 힘이 있다는 전제가 이 모든 믿음을 가능하게 하고 있다.

1789년 프랑스 혁명은 세상을 바꾼 대표적인 사건으로 기록된다. 위키피디아에는 '프랑스 혁명의 배경'이라는 항목에 "당시 프랑스는 계몽사상가인 루소와 백과전서파인 볼테르 등 사회계약설이 많은 지식인에게 영향을 주었고 그것을 국민이 공감하여, 당시의 사회 제도(구체제)에 대한 반발심을 가지고 있었다."라고 쓰어 있다. 위키피디아의 설명은 새삼스럽지 않다. 우리는 대부분 '앙시앵 레짐'이나 미국의 독립전쟁, 자본주의 계급의 성장 등과 함께 계몽주의가 프랑스 혁명의 배경이라고 배워왔다. 흔히 '디드로의 백과사전'이라 불리는 『백과전서 또는 과학, 기술, 공예에 관한 합리적 사전』을 필두로 몽테스키외의 『법의 정신』, 루소의 『사회계약론』과 같은 계몽주의 도서들이 프랑스 혁명의 중요한 원인이었다는 것이다.

책은 힘이 없다

나의 의문은 여기서 출발한다. 책은 과연 '혁명'을 일으킬 만한 힘을 가진 물건일까? 사람들이 단 하나뿐인 목숨을 내던지게 할 만큼 치명적인 힘이 책이라는 물건에 담겨 있다는 말은 사실일까? 더군다나 지금 이 시대, 텔레비전과 인터넷, SNS가 득세한 21세기에 커피 두어 잔 값의 저렴한 소품으로 전락한 '책'이라는 물건에 정말 한 개인을 넘어 시대까지 바꾸는, 그런 어마어마한 힘이 있는 것일까? 이 질문은 너무 당연해서 쓸데없는 혹은 바보 같은 질문에 불과한 것인가?

계몽주의 서적들이 프랑스 대혁명의 기폭제가 되었다는 주장은 소르본 대학의 교수였던 다니엘 모르네가 1933년에 발표한 『프랑스 혁명의 지적 기원』에서 출발한다. 이 책에서 저자는 "계몽사상이 사회의 상층부에서 하층부로, 중앙에서 지방으로, 완만한 종교적 비판에서 좀 더 빠른 포괄적인 사회 비평으로 확산되면서 혁명의 '지적 기원'이 되었다고 설명한다."* 모르네는 10년 동안 1570여 종에 이르는 엄청난 자료와 참고문헌을 직접 조사하는 세밀하고 실증적인 과정을 통해 계몽주의 책들이 프랑스 혁명의 직접적인 원인 중 하나였다는 정설(定說)을 만들었다. 이 책은 고전의 반열에 오르면서 책이 세상을 바꿀 힘을 가진 물건이라는 믿음의 전파에 강력한 영향력을 발휘했다. 하지만 모르네가 세운 이 정설은 1990년대 이후 많은 도전을 받는다.

1960년대 중반, 하버드 대학 교수로 임용되기 전이었던 젊은 로버트 단턴은 스위스 뇌샤텔 시립문서보관소에서 프랑스 대혁명 기간 가장 중요한 지도자 중 한 명이었던 자크 피에르 브리소가 쓴 119편의

* 육영수, 『책과 독서의 문화사』, 책세상, 2010

편지 사본을 발견한다. 미국 독립선언서의 초안자로 알려진 토머스 제퍼슨에 대한 관심으로 시작된 연구가 가져다준 행운이었다. 브리소가 뇌사텔 출판사에 보낸 편지에는 서적 밀수, 작가들의 현황, 검열제도, 책의 가격 등 혁명 이전 프랑스 구체제에서의 책의 출간과 보급에 관한 거의 모든 사항이 언급되어 있었다. 프린스턴 대학으로 자리를 옮긴 단턴 교수는 뇌사텔 출판사 보관문서는 물론 파리에 있는 보조 자료들을 참조하며 방대한 연구를 시작한다. 바로 '계몽주의의 절정기에 책은 어떻게 존재했는가'에 대한 연구이다. 책의 역사에 관한 연구가 거의 없던 시절이었다. 오랜 연구 끝에 단턴 교수는 1996년『책과 혁명; 프랑스 혁명 이전의 금서와 베스트셀러』라는 책을 출간한다. 부제가 밝히듯 이 역저는 '1789년 혁명 이전의 프랑스인들은 어떤 책을 읽었는가'를 주제로 삼고 있다. 책은 출간과 동시에 미국비평가협회상을 받으며 책의 역사를 다룬 명저로 자리 잡는다.

실증적이고 방대한 연구를 바탕으로 한 이 책을 통해 단턴 교수가 내린 결론은 "프랑스인들을 혁명으로 이끈 책들은 계몽주의의 위대한 책들이 아니라 포르노그래피, 공상물, 중상과 비방을 담은 소설이었다."는 것이다. 단턴 교수의『책과 혁명』은 '프랑스 혁명의 지적 기원'이 어디서 왔는지를 말해주는 대단히 혁신적인 저술이다. 소수의 지식인이 만들어낸 근거 없는(혹은 빈약한) 정설을 깨고 인식의 전환을 가져오며, 이 분야의 연구들이 활성화되는 계기가 되었다.

단턴 교수와 이후 학자들의 연구에 따르면, 계몽주의의 가장 중요한 도서인 루소의 『사회계약론』은 프랑스 대혁명 이전까지 베스트셀러는커녕 거의 읽히지 않았던 것으로 보인다. 『사회계약론』은 1762년 출간된 이래 프랑스 대혁명 이듬해인 1792년에 딱 한 번 더 인쇄되었을 뿐이다. 당시 루소의 베스트셀러는 『신 엘로이즈』라는 연애 소설이었다. 1761년 출간된 이 책은 이후 40년 동안 단턴 교수의 주장에 따르면 40쇄, 『인권의 발명』을 쓴 린 헌트 교수에 따르면 115쇄를 찍은 것으로 조사되고 있다. 마찬가지로 디드로 역시 『백과전서』와는 별도로 루이 15세를 풍자한 포르노 소설 『경솔한 보배』를 썼다. 여기서 보배는 '말하는 여성의 성기'*를 뜻하는데, 이 노골적인 소설은 당대 최고의 베스트셀러로 등극한다. 볼테르의 포르노그래피 『오를레앙의 처녀』도 당시 베스트셀러 목록에 올라 있다.

* 강창래, 『책의 정신』, 알마, 2013

왕족과 귀족, 유명인의 추문 등을 다룬 분야인 중상비방문은 당시 가장 인기 있는 책들이었다. 『뒤바리 백작부인에 관한 일화』(1775)는 중상비방문 분야 최고의 베스트셀러로 꼽히는데, 루이 15세의 정부였던 뒤바리 백작부인의 사생활을 다룬 책이었다. 하층계급의 매춘부 출신인 뒤바리 부인은 루이 15세의 총애를 받아 앙투아네트와 갈등을 일으키며 권력을 행사했는데, 그녀에 대한 음모론과 추문은 당시 프랑스인들의 주요 관심사였다.

『프랑스 혁명의 문화적 기원』과 『읽는다는 것의 역사』 등의 저작을 통해 프랑스 학계의 대표적인 학자로 평가받는 로제 샤르티에 교수는 심지어 계몽사상이 프랑스 혁명을 일으킨 것이 아니라 프랑스 혁명이 계몽사상을 만들어냈다고 주장한다. 샤르티에 교수는 "혁명 이후 일단의 정치가들이 자신들이 단행한 정치적 결단과 행위를 이론적으로 정당화해줄 근거를 찾기 위해 과거로 올라가 '계몽주의를 발명해냈다'라고 설명한다. 그러므로 계몽주의에 관련된 저작들을 혁명을 준비하고 예비하는 사상적 기원으로 간주하는 것은 혁명의 결과로부터 연역한 추상적 논리에 불과하다는 것이다."* 이와 함께 샤르티에 교수는 책의 역사가 독서의 역사로 거듭나야 한다고 주장한다. 책의 출간과 유통구조 등이 아니라 일반 독자들이 책을 어떻게 수용하고 이해하는지에 주목해야 한다는 것이다.

프랑스 혁명과 계몽주의 서적들의 연관성에 관한 이러한 연구들은 '책은 과연 사람과 시대를 바꿀 만한 거대한 힘을 가진 물건인가'라는 나의 질문에 많은 것을 시사한다. 단턴과 샤르티에 교수의 연구를 가져오며 내가 내린 결론은 '책은 아무런 힘이 없다'가 아니다. 내가 도달한 결론은 '있다, 라는 믿음을 의심하자'라고 말할 수 있다.

단턴 교수는 '계몽주의와 프랑스 혁명은 어떻게 연결되는가?', '프랑스 혁명의 이념적 기원은 무엇인가?'와 같은 질문들에 자신의 연구가 완벽하지 않음을 인정하면서도 "(기존의 정설과 같은) 최종 결론을 내리고 싶은 욕망을 억눌러야 한다."고 주장한다. 내가 얻은 결론도 '책에 거대한 힘이 있다는 결론을 내리고 싶은 욕망을 억눌러야 한다'에 가깝다.

---

*   육영수, 『책과 독서의 문화사』, 책세상, 2010

책, 한 잔의 카페모카처럼

한 가지 확실한 것은 우리가 읽기를 강요당하는 '고전'들은 우리의 생각만큼 변화를 주도할 절대적인 힘을 가지고 있지 않다는 사실이다. 고전이라 불리는 책들이 고전의 위치를 점하게 되기까지의 과정도 여러모로 의심스럽지만, 프랑스 혁명과 계몽주의 서적들의 연관성에서 보듯이 나 자신을 바꾸고 세상을 바꾸는 것은 고전이 아니라 대중소설, 잡지, 만화책처럼 일상적이고 직접적인 책이라고 생각하는 것이 더 합리적이다. 최근 우리 사회는 '촛불집회'라는 거대한 사건을 경험했다. 만약 100년 후의 역사가들이 '2016년 한국 민중이 일으킨 촛불혁명은 당시 출간된 유시민과 주진우 등의 저술이 기폭제가 되었다'라고 쓴다면, 촛불혁명의 시대를 실제로 살았던 나는 그 의견에 동의하기 어렵다. 촛불집회에 열성적으로 참가했던 나의 지인 대부분은 이들의 책을 읽지 않았다. 나는 그들을 움직인 것이 어렵고 무거운 사회과학 서적이 아니라 페이스북이나 트위터 같은 SNS라고 느꼈다. 프랑스 혁명을 일으킨 것이 계몽주의 서적이 아니라 포르노그래피나 권력층의 사생활을 까발린 글들, 흔히 '찌라시'라 불리는 인쇄물이었던 것과 같은 맥락이다.

우리는 책이나 영화를 비롯한 문화와 일상의 여러 경험이 우리 자신에게 어떻게 작용하고 영향을 끼치는지에 대해 모른다. 개별적인 분석과 연구가 없었던 것은 아니지만, 본질적인 작용 관계에 관해서는 아는 것이 거의 없다. 책을 읽어야 한다는 것, 그것도 '고전'이라 불리는 책들과 '고전으로 기록될 것이 분명한' 책들을 읽어야 한다는 것은 근거 없는 희망에 가깝다.

내 하루를 잠시나마 상쾌하게 해주는 아이스 카페모카 한 잔을 가볍게 마시듯이 책이라는 '물건'도 그렇게 대해야 하는 것은 아닐까? 굳이 유발 하라리의 『사피엔스』나 리처드 도킨스의 『이기적 유전자』를 손에 들어야 할 필요가 있을까? 젊은 여행작가가 쓴 경쾌한 쿠바 여행기나 정신과 의사가 쓴 일상의 심리에 관한 재미난 심리학 에세이를 읽으면 안 되는 것일까? 다 마신 테이크아웃 잔을 무심히 버리듯이 다 읽은 책을 버리거나 누군가에게 주면 안 되는 것일까? 저렴한 물건에 불과한 책을 그렇게 가볍게 대하면 안 될까? 물론 『사피엔스』나 『이기적 유전자』는 웬만한 여행기나 에세이보다 재밌고, 책장에 꽂아 놓으면 어떤 인테리어 소품보다도 폼이 나지만 말이다.

— 제 세이 스메 바르트 반론 시집

청춘의 시계

나의 청년 시절은 '서재'라는 단어와 어울리지 못했다. 일정한 거처가 없었기 때문이다. 돈으로 교환할 수 있을 정도의 노동을 육체가 감당할 수 있을 때부터 내겐 일정한 거처가 없었다. 누추하고 어둡고 작은 집. 도대체 이유를 짐작할 수 없는 삶을 사는 부모로부터 도망가는 것은 어쩌면 내 시대 청춘들의 일반적인 통과의례였을지도 모르겠다. 거처가 없으니 서재가 있을 수 없다. 상투적으로 들리겠지만 남산도서관이, 국립중앙도서관이, 광화문 교보문고가 내 서재였다.

내게 있어 청년 시절 서재의 첫 이미지는 '라면 박스'이다. 학교 동아리방 구석에 놓여 있던 세 개의 누런 라면 박스. 집을 나와 전전하면서도 책을 버릴 수 없었다. 아끼던 수십 권의 책은 늘 내 곁에 있어야 했다. 술에 취해 흔들거릴 때면 언제나 이성복의 시가, 최승자의 시가 읽고 싶었다. 취기에 쓰러진 고시원 침대에서도 손을 뻗어 황지우의 시를 읽고, 니코스 카잔차키스의 『영혼의 자서전』 한 구절을 읽었다. 아침에 일어나면 몸 어딘가에 눌려 구겨진 책을 보며 지난밤의 기억을 위로했다. 어느 청춘에게 록 음악이 진통제였던 것처럼 내겐 책이 그랬다.

당시 나의 이동식 서재, 라면 박스에 담겼던 책들이 기억난다. 이성복, 최승자, 황지우, 오규원의 모든 시집, 『영혼의 자서전』을 비롯한 카잔차키스의 책들, 김수영의 산문집, 『당시전서(唐詩全書)』, 사르트르의 『존재와 무』, 키르케고르의 『이것이냐 저것이냐』, 막스 피카르트의 『침묵의 세계』, 조르주 바타유의 『에로티즘』, 이외수의 『들개』, 마르틴 부버의 『나와 너』, 사빈코프의 『창백한 말』, 황산덕의 『복귀』, 콜린 윌슨의 『아웃사이더』, 박상륭의 『죽음의 한 연구』, 김현의 『전체에 대한 통찰』, 이병주의 『관부연락선』, 요한네스 힐쉬베르거의 『서양 철학사』, 숙명여대출판부의 『동양철학입문』, 로트레아몽의 『말도로르의 노래』, 우드코크의 『아나키즘』, 다니엘 게랭의 『아나키즘』, 프루동의 『소유란 무엇인가』, 그리고 도올 김용옥의 책들…. 계통도 맥락도 없는 책들을 반은 뜻도 모르며 읽고 또 읽었다. 술에 취해 들어간 동아리방에서 갑자기 최승자의 시가 읽고 싶어 라면 박스를 뒤적이고, 벽에 기대 그녀의 시를 읽다 시멘트 바닥에 쓰러져 잠든 기억이 새록하다.

내 청춘의 첫 서재는 아현동 고시원이었다. 스무 살 넘어 처음으로 가진 나만의 공간이었다. 지금 생각해보면 거기서 어떻게 살았나 싶을 정도로 좁고 남루한 방이었지만, 값을 치르고 그 방에 들어선 순간의 설렘은 지금도 생생하다. 무엇보다 압권은 그 작은 방에 책장이, 무려 책장이 있었다는 사실이다. 비록 군데군데 필름지가 벗겨진 초라한 가구였지만, 책을 꽂을 책장이 있다는 사실은 내 눈을 멀게 하기에 충분했다. 처음 그 방을 본 순간부터 라면 박스에 갇힌 내 책을 꺼내 책장에 꽂을 생각 외에는 아무 생각도 들지 않았다. 입주를 한 날, 걸레를 세 개 정도 버릴 만큼 책장을 쓸고 닦은 후 라면 박스에서 책을 꺼내 한 권 한 권 꽂던 순간은 내 청춘의 몇 안 되는 선명한 기억으로 남아 있다. 그 작은 고시원 방 한 칸이 최초의 내 집이었고, 서재였다. 크기나 격조 따위는 아무 상관없이, 오로지 소유만으로 충분하던 시절, 그 얇은 합판으로 구획된 작은 방 한 칸이 내게 준 충만함은 쉽게 잊기가 힘들다.

지금도 가끔 생각한다. 스물몇 살의 청춘, 협소한 고시원 한 구석에 서 있던 책장, 내 책이 있는 곳이 내 집이라는 생각을 하며 조금 서러워하던 달콤한 나르시시즘, 고시원을 마지막으로 사라진 나의 라면 박스 책장.

내 청춘의 빛은 라면 박스의 그것처럼 바랜 누런색이고, 내 청춘의 냄새는 젖은 박스에서 풍기는 눅눅하고 퀴퀴한 냄새다. 다시는 돌아가고 싶지 않은 시절이지만, 가끔 어딘가에서 우연히 그 시절의 빛과 냄새를 느낄 때면 뭐라 형언할 수 없는 묘한 기분에 빠져들고 만다.

도서관, 거기 내 삶이 있었다 혹은 있다, 여전히

내 청춘의 가장 오랜 서재, 도서관에 관한 이야기를 어떻게 시작해야 할까. 이 글을 쓰는 지금도 도서관, 이라고 발음하면 낮은 탄식과 함께 약간의 호흡곤란 증세를 느낄 정도로 가슴이 옥죄어온다. 대학을 가지 못한 가난한 이십대가 맞닥뜨리게 되는 세상의 아득함을 담은 한 단어가 내게는 '도서관'이다.

내 청춘의 스틸 컷은 어느 해 남산도서관의 풍경이다. 폭우가 쏟아지던 여름의 남산도서관. 나는 언제나처럼 도서관 구내 식당에서 천몇백 원짜리 점심을 먹고 4층 열람실로 올라가고 있었다. 남산타워 쪽으로 난 통창 너머, 산을 배경으로 쏟아지는 비가 비현실적인 풍경을 만들어내고 있었다. 도서관 특유의 퀴퀴한 냄새와 창을 통해 스며드는 비릿한 비 내음. 나는 무언가에 끌리듯 창가에 멈춰 섰다. 세상을 무너뜨릴 듯 쏟아지는 비를 바라보며 나는 결국 이 막막함 속에서 죽지도 살지도 못한 채 영원히 부유하게 될 것 같다는 예감을, 당시에는 거의 확정적으로 느끼며 망연해하고 있었다. 3층 높이의 넓은 창, 산을 배경으로 쏟아지는 폭우, 망연히 서 있는 스무 살의 나. 이 한 컷이 그 시절을 대표하는 풍경이다.

내 청춘의 일상은 어떠했던가? 그 시절 대부분을 학생도 직장인도 아닌, 정말 아무런 신분도 갖지 못한 백수로 보낸 나는 아침에 일어나면 남산도서관에 가서 종일 책을 읽다가 저녁이면 일없이 남대문을 거쳐 명동을 지나 종로와 광화문을 서성이다 귀가하는 일과를 반복했다. 매일의 반복에도 불구하고 세상의 모든 것이 낯설고 불편했다. 책 속에 빠져 있을 때만이 막막한 세상을 잊을 수 있었다. 하지만 책과 책 사이의 정적, 마치 세상의 이면까지 깨달은 듯한 벅찬 마음에 글자들 사이에서 고개를 들면 중첩된 개가식 책장, 높은 천장, 고개를 숙이고 책을 들여다보는 사람들의 목과 어깨, 넓은 창밖으로 보이는 하얀 햇빛⋯. 방금 전의 깨달음과 벅찬 마음은 순식간에 끝간 데 없는 바닥으로 떨어진다. 엘리베이터에 갇힌 폐소 공포증 환자처럼 가슴이 터질 것 같고, 감정과 몸이 어긋나는 상태로 급변한다. 도서관을 1층부터 4층까지 오르락내리락하며 간신히 마음을 진정시키고는 다시 책을 보았다.

증세가 심한 날은 도서관을 뛰쳐나와 지칠 때까지 도시를 걸었다. 도서관만이 나를 받아주는 공간이었으나 그만큼 나를 미치게 하는 공간도 없었다. 출소를 기다리는 죄수처럼 언젠가 이 도서관을 벗어나 신촌이나 종로의 술집에서, 사람과 사람 사이에서 살수 있기를 간절히 바라는 것 말고는 어찌할 도리가 없었다. 가끔 이력서를 쓰고 취직을 하기도 했으나 몇 달 후면 다시 도서관 그 자리에 앉아 있었다. 적응하지 못한 학교, 잦은 이직과 실직 사이의 공백, 시나리오를 쓰겠다고 보낸 3년여의 시간. 돌이켜보면 내 이십대는 늘 어딘가에서 도서관으로 복귀하는 과정의 연속이었던 것 같다.

도서관과 책으로 때운 그 시절이 내게 남긴 건 무엇일까? 몇 가지 민망한 단어가 순서 없이 떠오른다. 자기 연민, 보상심리, 방어기제….

1994년 8월 8일, 나는 황지우의 『사람과 사람

사이의 신호』라는 산문집을 펼쳤다. 서문에는 다음과 같이 쓰여 있었다. "출신성분에 비해 너무 교육받았다는 것이 나를 불행하게 했다는 생각을 나는 쭉 가지고 있었다." 그 문장 아래 꾹꾹 누른 짙은 밑줄이 그어져 있다. 나는 사람에게는 기본적으로 천품이라는 게 있다고 믿는다. 황지우 시인이 '출신성분'이라고 다소 도발적으로 표현한 천성, 천품. 나는 천품에 순응하는 것이 행복하게 사는 방법이라고 생각한다. 나의 천품은 밝고 경박하며 육체적이고 직선적이다. 하지만 불운하게도 나는 청춘 시절 너무 많은, 나의 용량에 비해 너무 많은 책을 읽었다. 황지우 시인의 표현을 따르자면 '출신성분'에 비해 너무 많은 책을 읽은 것이다. 그것이 나의 불행을 만들어냈다.

나는 죽는 날까지 한국의 도서관에 들어가지 않을 것이다. 도서관의 책도 빌려 읽지 않을 것이다. 나는 평생 '나만의 서재'를 유지할 것이고, 내 소유의 책만 읽을 것이다. 서재는 내게 단순히 책을 읽는 공간이 아니다. 서재는 내 삶이 시작된 곳인 도서관과의 공존이자 결별이다.

사람은 유년을 보낸 고향을 떠날 수 없다. 누이

의 등록금을 훔쳐 도시로 도망 나간 청년이 지팡이에 의지한 굽은 허리로 돌아가는 곳은 결국 자신이 유년을 보낸, 그토록 떠나고 싶어 했던 작은 고향 마을이다. 도서관은 아마 내게 돌아갈 혹은 돌아가야 할 고향과 같은 곳일지도 모른다. 하지만 도서관으로 돌아간다는 것은, 그곳에서 보냈던 고통스러운 청춘 시절의 나에 대한 배신이라는 느낌을 지울 수 없다. 내가, 청춘의 나를 배신해도 되는 것일까? 스물두 살에 내가 쓴 일기장에는 "만약 내가 나이 들어 지난날을 돌아보며 그래도 이 시절이 아름다웠다고 말한다면, 그것은 얼마나 역겨운 일인가!"라고 쓰어 있다. 나는 내 삶에 대해 변절할 수는 있겠으나 청춘을 미화하는 정도까지 떨어지고 싶지는 않다.

　　나는 도서관으로 돌아가고 싶지 않다. 하지만 도서관을 지울 수는 없다. 그 양가적인 감정 사이에서 자연스럽게 서재에 대한 집착이 생겨났는지도 모르겠다. 오늘, 서재 소파에 앉아 다시 한번 내 청춘의 서재를 생각한다. 동아리방 한쪽 구석의 라면 박스, 고시원의 싸구려 책장 그리고 남산도서관. 내 삶이 거기 있었다 혹은 거기 있다, 여전히.

여성의 서재

— 여성에게 서재를 봉헌하라

여성은 남성과 다른 독서법을 가지고 있다. 여성에게 인기 있는 책과 남성에게 인기 있는 책은 확연히 다르며, 같은 책을 읽어도 여성이 붉게 밑줄 그은 문장과 남성이 열광하는 부분은 다르다. '여성과 독서'라는 주제에 천착해온 독일 작가 슈테판 볼만(Stefan Bollmann) 역시 "확실한 것은 여자들이 남자들보다 책을 더 많이 읽는다는 것과 남자들과는 다른 방식으로 책을 읽는다는 것이다."*라고 말하고 있다. 그 다름을 이해하지 못한 채 뭐 그따위 책을 읽느냐며 여성들이 읽는 책과 문장을 폄하하는 남자들은 세상의 반 혹은 미래에 대한 이해를 포기하는 것이다. 할리퀸 로맨스나 팬픽을 경시하는 것은 우둔한 행동이다. 그 안에는 여성들이 느끼는 결핍감 같은 감정들이 담겨 있고, 그들이 바라는 세계의 모습이 깃들어 있다. 그리고 그것을 이해하는 것은 더할 나위 없이 중요하다. 단지 세상의 반이 여자라서가 아니다. 괴테의 말처럼 "영원한 여성성이 우리를 저 높은 곳으로 인도할 것(Das ewig Weibliche zieht uns hinan.)"이기 때문이다.

* 슈테판 볼만, 유영미 옮김, 『여자와 책』, RHK, 2015

여자들은 책을 다르게 읽는다

여성은 독서에 있어 어떤 접근 방식을 가졌을까? 슈테판 볼만은 "여성들이 책에 열광하게 된 것은 애초부터 사랑의 굶주림과 관련이 있었다."고 말한다. 여성들이 독서에 빠지게 된 것이 적절한 사랑을 얻지 못했기 때문이라는 것이다. 슈테판 볼만의 분석이 완전한 것은 아니지만, 한 가지 확실한 것은 여성들이 남성들로부터 자신들이 원하던 사랑을 발견하지 못했다는 사실이다. 남성은 여성을 사랑하는 방법을 몰랐다. 방법을 배우려고 하지도 않았고, 가르치는 사람도 없었다. 아마도 사랑하는 방법이 있다는 사실조차 몰랐던 것 같다.

프랑스의 소설가 조르주 상드(George Sand, 1804~1876)는 "여성은 심한 취급을 당하고 있다. 여성을 저능하게 만들어놓고 그 저능을 비난하고 무지를 경시하며 그 지식을 조롱하고 있다. 연애에 있어서는 창녀 취급을 당하고 부부의 애정에 있어서는 하녀 취급을 받는다. 결코 사랑받는 일이 없다. 이용당하고 밥이 되며, 더구나 정조라는 멍에로 여성들을 속박해놓으려고 하고 있다. 이것이 남성이다."*라며 절망감을 토로한다.

사랑의 불가능함을 깨달은 여성들은 사랑 너머의 어떤 것을 바라기 시작했다. 그것은 '자유와 독립'이었다. 볼만 역시 여성들의 독서 목적에 대해 '사랑'이라고 말하면서도 "하지만 사랑에의 욕구 뒤에는 더 큰 욕구가 숨어 있었으니 바로 자유와 독립에의 욕구였다."[**]고 한 발 더 깊이 들어간다.

슈테판 볼만의 분석은 여성들이 독서를 시작한 이유가 비록 사랑의 결핍일지는 몰라도, 그들이 책을 더욱 가까이 하게 된 것을 사랑의 대체로만 한정할 수 없음을 강조하고 있다. 여성들은 자유와 독립을 기반으로 하지 않는 사랑은 온전한 사랑이 아님을 본능적으로 그리고 경험적으로 깨닫게 되었다. 우스꽝스러운 빨간 티와 양말까지 신은 애완견 같은 사랑은 더 이상 여성들이 원하는 사랑이 아니다. 자유와 독립을 가진 사람만이 온전히 누군가를 사랑할 수 있고, 사랑받을 수 있다. 사랑받지 않아도 상관없다. 자유와 독립을 쟁취한 인간은 사랑 없이도 살아갈 수 있기 때

---

[*]   열린문학연구회, 『그녀들은 자유로운 영혼을 사랑했다』,
      한길사, 2011
[**] 위의 책

문이다. 자유와 독립, 사랑 중에 으뜸은 사랑이 아니다. 자유와 독립은 그 자체로 완전하나 사랑은 자유와 독립 없이 홀로 성립되기 어렵다. 독서를 통해 여성들은 이 '인간의 법칙'을 이해하기 시작했다.

물론 여성들이 독서를 통해 원했던 것이 처음부터 자유와 독립은 아니었다. 그들이 원했던 것은 '생존'이었다. 남성들이 만들어놓은 숨 막히는 시스템 속에서 단지 작은 숨이라도 이어가는 것. 슈테판 볼만은 "여자들은 살기 위해 책을 읽으며, 삶을 견디기 위해, 즉 살아남기 위해 책을 읽는 경우도 드물지 않았다."*고 말한다. 단지 생존을 위한 독서 속에서 여성들은 자기들에게 진정으로 필요한 것이 '자유와 독립'임을 깨닫게 되었다.

여성이 자유롭고 독립적인 존재가 되는 것을 두려워한 남자들은 꽤나 집요하게 여성들의 독서를 방해했다. 여성과 책을 이질적인 것으로 분리하려는 노력에도 불구하고 여성들의 손에서 책을 완전히 빼앗는 것이 불가능하다는 것을 깨달은 이후, 남성들은 책 읽는 여성이 부도덕하다는 소문을 퍼트리는 새로운 전략을 시도했다. "19세기는 소설을 읽는 것이 간

*   위의 책

통의 지름길이라는 생각에 사로잡혔다. 물론 여성의 경우에만 해당하는 말이었다. 엠마 보바리, 안나 카레니나, 에피 브리스트는 문학에 등장하는 유명한 간통녀이자 이런 남성적 강박관념의 희생자이기도 했다."*

　책 읽는 여성에 대한 부정적인 인식을 퍼트린 남성들이 사용한 그다음 전략은 여성이 쓴 글을 비하하는 것이었다. 우리가 익히 알고 있듯이 그 방식은 굉장히 악의적인 것이었고, 책을 쓰는 여성들에게 붉은 살을 헤집고 하얀 뼈가 드러나는 깊은 상처를 주었다.
　『제인 에어』의 샬럿 브론테는 무명 시절, 몇 편의 시를 써서 계관시인인 로버트 사우디(Robert Southey, 1774~1843)에게 평을 요청했다. 로버트 사우디의 답장에는 "문학은 여자의 일이 아니며 여자의 일이 되어서도 안 됩니다. 여자가 본연의 임무에 열심히 임할수록 문학을 할 여가 시간은 줄어들 것이오."라고 적혀 있었다. 현재의 시각으로 보면 막말에 가까운 로버트 사우디의 말은 당시 남자들의 일반적인 인식이었다. 샬럿 브론테는 실망했으나 로버트 사

*　위의 책

우디의 바람처럼 글쓰기를 멈추지는 않았다. 이후 브론테 자매의 소설들은 필명으로 출간되었고, 출간 후 호평을 받았으나 작가가 여성임이 밝혀지자 악평과 음해에 시달려야 했다.

『오만과 편견』을 쓴 제인 오스틴 역시 책에 자신의 이름을 인쇄하지 못했다. "그녀가 쓴 소설은 그저 'By a Lady'라고만 표기되었다. 1811년에 나온 처녀작 『이성과 감성』이 그러했고, 두 번째 소설인 『오만과 편견』의 경우는 '『이성과 감성』을 쓴 여류 작가'라고 표기되었으며, 네 번째이자 생전에 출판된 마지막 작품인 1866년 작 『엠마』의 표지에는 '『오만과 편견』 등을 쓴 여류 작가'라고 되어 있었다."*

하지만 남성들의 비열한 방해 속에서도 여성들은 책을 읽고 글을 썼으며, 그 과정을 통해 결국 자신들이 원하는 것이 무엇인지를 명확히 인식하게 되었다. 여성들은 한 손에는 책을, 한 손에는 립스틱을 든 채 앞으로 나아가기 시작했다. 남자들의 바람에도 불구하고 여성들은 다시 뒤를 돌아보지 않을 것이다.

세상은 변하고 있다. 변하고 있다는 것은 지금

* 위의 책

이 위기의 순간이라는 뜻이다. 역사와 철학, 종교에 관련된 책을 읽던 남자들의 세상은 시효가 다 되었음이 드러나고 있다. 남자들이 운영하던 세상은 이제 늙고 병들어 신음 중이다. 그리고 "우리가 도달해 있는 21세기는 우리 영혼을 새로운 방식으로 시험할 것"*이다. 남성들의 독서법은 철저히 '권위주의'적이었다. 역사와 철학, 종교는 모두 특정한 권위에서 출발했다. 같은 자리에서 출발했으나 권위주의를 깨려고 한 남자들도 있었다. 하지만 그들은 끝내 태생의 한계를 극복하지 못하고 실패했다. 권위주의에서 시작한 탈권위는 결국 권위주의의 이동일 뿐 소멸로 이어지지 못했다. 태생의 한계는 생각보다 강력했다. 적절한 시기에 끊어내지 못한 권위주의는 남자들의 착각과 달리 여자와 아이만 다치게 한 것이 아니라 그들 자신에게도 치명상을 입혔다.

하지만 여성들의 독서법은 출발점이 달랐다. 여성들은 역사와 철학, 종교에 관심이 없다. 아니, 정확히 말하자면 역사와 철학, 종교와 관련된 책에 담긴 권위적인 구조들에 관심이 없다. 여성들은 "소설과 전기류를 좋아한다. 즉 픽션이든 아니든 삶을 다룬

* 수전 손택, 김전유경 옮김, 『강조해야 할 것』, 이후, 2006

책을 좋아"*하는 것이다. 여성의 독서는 "삶과 밀접한 관계에 있으며 생동감으로 충만해 있다."** 역사와 철학, 종교에 관한 책들이 필독서라는 믿음은 남성들이 만들어낸 판타지에 가깝다. 남성들이 눈살을 찌푸리고 입을 앙다문 채 비장하게 역사와 철학, 종교에 관한 책들에 골몰하는 동안 여성들은 잔잔한 미소를 머금은 채, 때로는 소리 내 웃고 때로는 손뼉 치며 책을 읽었다. 그녀들은 독서에 있어 '권위'보다 '삶'을 택했다. 여성의 손에 역사와 철학, 종교와 관련한 책이 들려 있다 하더라도 그들이 읽는 것은 그 안의 권위가 아니라 그들 자신의 삶이다.

나는 남성들은 잘난 척하기 위해 책을 읽고, 여성들은 자기를 비춰보기 위해 책을 읽는다고 생각한다. 권위주의적 독서법은 스스로를 합리화하게 만든다. 자기의 생각과 말에 권위를 부여받기 때문이다. 하지만 여성들이 선택한 성찰적인 독서법은 읽는 이의 수평적 변화를 끌어내고 이를 통해 읽는 이를 '더 나은 사람'으로 변화시킨다. 페미니스트이자 작가인 재닛 윈터슨은 "책은 나를 예전의 나로 돌아가게 하지

---

* 위의 책
** 위의 책

않는다. 책은 나를 새롭게 정의한다"*라고 말한다.

카메라와 오디오, 태블릿 PC가 남성을 주요 타깃으로 한 시장임에 반해 영화와 음악, 공연, 출판의 주된 고객층이 여성이라는 사실은 많은 것을 시사한다. 특히 독서 시장은 여성 전용에 가깝다. 극장이나 공연장에는 여성을 따라온 남자들이라도 눈에 띄지만, 독서 시장에는 도통 남자가 눈에 띄지 않는다. 대부분의 출판기획자는 남자를 염두에 두고 책을 기획하지 않는다.

오랜 고통의 경험을 통해 여성들은 깨닫게 된 것이다. 영화와 음악, 공연처럼 확장된 '책'이 자유와 독립을 가진 온전한 인간이 되는 데 가장 유용한 도구임을. 이제 책 읽는 여성, 정확히 말하자면 책'도' 읽는 여성들이(책'만' 읽는 남성들이 세상을 얼마나 망가뜨렸던가!) 세상의 구원이 될 것이다. 성찰적 독서법을 가진 여성들이 세상의 신음을 멈추게 하고, 병을 고칠 것이다. 21세기의 시험을 우리의 영혼이 통과하게 할 것이다.

---

*   위의 책에서 재인용

하녀와 수전 손택 그리고 메릴린 먼로

슈테판 볼만의 주장처럼 독서는 여성들에게 어울리는 옷이다. 여성들이 코르셋을 벗고 독서라는 아주 잘 어울리는 옷을 입기까지 오랜 시간이 필요했고, 고통이 뒤따랐다. 여성이 마음껏 책을 읽을 수 있게 된 것은 근래의 '사건'에 속한다. 요즘도 시골에선 "여자가 책을 읽으면 팔자가 세다."고 말하는 사람들이 심심치 않게 있는 것을 보면 아직 그 사건은 완료되지 않았는지도 모르겠다.

이제야 자기 옷을 입기 시작한 여성들에게 옷장과 드레스룸을 말하는 것은 시기상조일지도 모른다. 아직 대부분의 여성이 서재라는 드레스룸을 소유하지 못한 채 주방의 식탁, 가족이 회사와 학교에 가야만 자리가 비는 소파, 아이들은 잠들고 남편은 게임을 하러 컴퓨터가 있는 방으로 간 사이 잠시 빈 침대 등을 서재로 이용한다. 주로 남자를 위한 서재 가구를 만들고 있지만, 여성 서재의 부재는 내가 늘 안타까워하는 부분이다.

여성의 독서와 서재에 관해 생각할 때면 내 머릿속에는 세 가지 이미지가 교차해 떠오른다. 네덜란

드 화가 피터 얀센스 엘링가(Pieter Janssens Elinga)가 1660년대에 그린 〈책 읽는 여인〉, 서재에서 촬영된 수전 손택의 흑백사진, 그리고 수영복을 입고 제임스 조이스의 『율리시스』를 읽는 메릴린 먼로의 사진이 그것이다.

엘링가의 그림은 쓸쓸하고 불안하다. 창고 혹은 다목적실로 보이는 작은 방, 창가를 향해 등을 보이고 앉은 하녀가 책에 몰입하고 있다. 하녀가 읽고 있는 책은 당시에 유행하던 기사 소설인 것으로 보인다. 구두는 바닥에 팽개쳐져 있고 실내는 어수선한데, 책을 읽는 하녀의 몰입은 깊다. 볼록한 의자쿠션 위에 놓인 불안한 과일 쟁반과 주인이 누구인지 모를 흐트러진 신발은 그가 독서를 위해 미리 준비하지 못한 채 급하게 책장을 펼쳤음을 짐작하게 해준다. 하녀가 마주 앉은 벽 위쪽 창문은 열려 있는데 아래 창이 닫혀 있다는 것은 그가 자신의 독서 행위를 남에게 보이지 않게 하려는 경계의 의지로 보인다. 집 안을 청결히 하고 물건의 질서를 유지하는 임무를 지닌 하녀가 한창 일할 오후 시간, 어느 버려진 방에 몰래 숨어들어 책을 보고 있는 것이다. 그림이 그려진 17세기의 상황을 고려하면 책 역시 그의 것이 아닐 가능성이 크다. "칼뱅주의 윤리가 요구하는 대로 주의 깊게 노동 의무를 수행하는 대신에, 가능한 한 빨리 독서를 다시 시작하려는 열렬한 욕구를 품고 있"*는 하녀. 책 읽을 시간도, 공간도, 심지어 자신의 책도 없는 하녀. 작은 책상 하나 없이 남의 의자에 앉아 남의 책 한 권을 손에 든 그의 불안한 독서. 그리고 거기에 걸맞지 않은 몰입. 나는 곧 누군가가 들이닥쳐 그의 손에서 책을 빼앗고 매질을 할 것 같은 불안을 느낀다.

엘링가의 그림은 여성들이 처했던 독서 환경을 보여준다. 근대 이전까지 책 읽는 여자들의 위치는 침대 위거나 작은 티 테이블, 정원이나 숲속 등 야외였음을 그림들을 통해 확인할 수 있다. 귀족 여성들의 경우에도 남성들처럼 서재와 같은 전용공간에서 책을 읽는 모습은 찾아보기 힘들다. 엘링가의 그림 속 하녀처럼 여성들은 늘 누군가의 눈을 피해 혼자 책을 읽었다.

여성의 독서와 관계된 회화들을 일별하다 수전 손택의 당당한 서재 사진을 보면 당혹스럽기까지 하다. 수전 손택의 사진에서 가장 인상 깊게 본 두 컷 중

* 슈테판 볼만, 조이한·김정근 옮김, 『책 읽는 여자는 위험하다』, 웅진지식하우스, 2012

하나는 터틀넥 니트를 입은 그가 바닥에는 책이, 벽에는 출력물이 가득한 작은 공간의 책상 앞에 다리를 꼬고 앉아 시선을 아래로 향한 채 특유의 지적이고 조용한 미소를 짓고 있는 사진이다. 다른 하나는 셔츠를 입은 수전 손택이 단정한 책장을 배경으로 타자기와 찻잔이 놓인 책상 앞에 앉아 오른손 검지와 중지 사이에 담배를 끼워 들고 시선을 오른쪽으로 향한 채 밝게 웃고 있는 사진이다.

미술사가들은 엘링가의 〈책 읽는 여인〉이 그려진 시기를 1668년에서 1670년 사이로 보고 있다. 구석진 공간에 숨어 책을 읽어야 하는 '하녀'라는 신분에서 남자들과 동등한 지성을 가진 '사람'으로 인정받기까지 여성들이 겪은 지난한 과정을 엘링가의 그림과 수전 손택의 사진은 극명하게 보여주고 있다.

'문학은 여자의 일이 아니며 여자의 일이 돼서도 안 된다'고 정색하는 남자들에게 "여자들은 2분 30초 정도의 시간(섹스를 하는 시간)을 보내는 것 이상을 원"한다면서 "여자들이 권력을 '추구해야 한다'고 믿"*는다고 말하며 시쳇말로 남자들을 '발라버

---

*   수전 손택·조너선 콧, 김선형 옮김, 『수전 손택의 말』, 마음산책, 2015

리는' 여성이 등장한 것이다. 그 전에도 그런 여성이 없었던 것은 아니나 수전 손택은 남자들이 여성의 지성을 얕보지 않고, 오히려 두렵게까지 생각한 '여성의 지성'*이라는 상징적 존재가 되었다. 여성들은 드디어 서재를 소유하고, 그 안에서 책을 읽고 글을 쓰며 남자들에게 더 이상 "우리는 '창녀'가 아니니 딸랑 2분 30초만 소비되지 않겠다."고 말한다. 더 나아가 남자들의 얼굴에 담배 연기를 내뱉어버리고, "우리는 '하녀'가 아니니 '권력'을 추구하겠다."고 선전포고를 하게 된 것이다. 아마 조르주 상드가 살아 있었다면 애니 레보비츠의 자리는 그녀의 몫이 되었을 것이다.

메릴린 먼로는 영화사에서 섹스 심벌의 이미지를 대표하는 여배우이다. 하지만 인터넷 검색창에 '메릴린 먼로 독서'라고 입력해보면 뜻밖에도 책을 읽고 있는 그의 사진이 끝도 없이 이어지는 것에 놀라게 된다. 할리우드 여배우 중 책 읽는 사진이 가장 많은 배우가 메릴린 먼로일지도 모른다. 단지 '끝내주는 잠자리 상대'라는 판타지로 먼로를 대했던 남자들

* 슈테판 볼만, 유영미 옮김, 『여자와 책』, RHK, 2015

은 자신들도 읽기를 포기한 제임스 조이스의『율리시스』를 손에 들고 있는 그의 사진 앞에서 멈칫하게 된다. "책 읽는 섹스 심벌이라니?"* 이 모순된 조합에 당황한 것이다. 그러나 그들은 곧 자신들의 당혹감을 절규에 가까운 한마디로 해결한다. "메릴린 먼로가 저걸 읽었을 리가 없잖아? 연출 사진이 분명해!" 그러나 남성들의 절규가 무색하게도 메릴린 먼로는『율리시스』의 마지막 장을 외우다시피 할 정도로 이 책에 빠져 있었다.

매그넘 그룹 최초의 여성 사진가이기도 했던 이브 아놀드(Eve Arnold, 1912~2013)는 메릴린 먼로가 가장 신뢰하는 사진가였다. "1955년의 어느 여름 날 이브 아놀드는 시인이자 낭만주의자인 노먼 로스턴의 집으로 메릴린 먼로를 데리고 갔다. 이즈음 메릴린은 제임스 조이스의『율리시스』를 읽고 있었다. 이브 아놀드와 메릴린 먼로가 놀이터에서 멈추었을 때 메릴린은『율리시스』를 꺼내더니 이브가 필름을 끼우는 동안 책 읽기에 푹 빠졌다. 물론 이브는 셔터를 눌렀다. 그리하여 놀이터에서『율리시스』를 읽는 메릴린 먼로의 모습이 담긴 유명한 연작 사진이 탄생

---

*   위의 책

했다."** 재닛 윈터슨과 슈테판 볼만은 이 사진 이후 "바야흐로 책 읽는 것은 섹시한 행위가 되었다"***고 의미를 부여했다.

수전 손택과 메릴린 먼로는 독서와 글쓰기가 여성에게 적합한 일이 아니며, 책 읽는 여자는 부도덕하다고 주장하는 식의 남자들의 방해 공작이 완전히 실패했음을 선고했다. 독서와 글쓰기는 여성에게 가장 잘 어울리며, 심지어 여성을 더 아름답게 만드는 행위라는 것을 인정하게 만들었다. 외진 방에 숨어 들어가 몰래 책을 읽던 하녀에 불과했던 여성이 경탄받는 작가, 숭배받는 우상이 된 것이다.

앞서 말했듯이 남자들의 시대는 쇠퇴기에 들어선 지 오래다. 남자들은 경영권을 내려놓고 뒷방으로 물러가 바둑으로 소일하며, 자신을 돌아보고 소진된 기력을 회복해야 한다. 읽던 책도 잠시, 멈춰야 한다. 남자들이 앉았던 의자는, 책을 읽고 글을 쓰던 책상은, 서성이며 사색을 하던 서재는 이제 여성들의 것이 되어야 한다. 50%의 독선과 50%의 고집만 남은

* 위의 책
** 위의 책

늙은이가 된 남자들이 과연 순순히 물러날지는 알 수 없다. 남자들의 역사는, 그들이 자발적으로 열쇠를 넘기고 물러나지 않을 거라는 짐작을 가능케 한다. 아마도 여성들은 스스로 쟁취해야 할 것이다. 처음에는 의자를, 그다음에는 책상을, 그리고 끝내는 서재를. 아마도 그 단계에 따라 여성들은 하녀에서 벗어나 수전 손택 혹은 메릴린 먼로가 될 것이다.

공공의 서재

— 도서관, 보르헤스 그리고 기억과 망각에 관하여

"나일 강 위로 떠오르는 태양의 모습에 설계된
　　알렉산드리아의 국립도서관. 벽면에 세계문명을
　　상징하는 모든 나라의 글자들이 새겨져 있다.
　　우리나라 글씨로는 '세월'이 들어가 있다."

　　이것이 내가 들은 도서관에 관한 가장 아름다
운 이야기다. 도올 김용옥의 『도올의 도마복음 이야
기』1권에서 이 구절을 읽고 나는 한참을 상념에 빠졌
다. 나일 강의 펠루카 위에서 한글로 쓰인 '세월'이라
는 단어를 발견하는 상상을 하면 눈물이 날 것 같았
다. 시간이 지나 알렉산드리아 도서관 외벽에 음각된
한글은 단어가 아니라 '세', '월', '여', '름', '강' 다
섯 문자이며,* 실제 글자는 한글을 모르는 석공이 새
긴 듯 어색한 형태라는 사실도 알게 되었다. 아마도
그 철학자는 이 문자들을 '세월', '여름', '강'이라는
단어로 읽은 듯하다. 하지만 그 사실을 알고 난 뒤에
도 내가 받은 감동은 전혀 마모되지 않았다. 나는 유
니콘에 대한 동화를 읽으면 여전히 가슴이 뛴다. 〈은
하철도 999〉를 보면 여전히 눈시울이 붉어진다. 유니
콘이 상상의 동물이고 〈은하철도 999〉가 픽션이라는

---

*　　최정태, 『지상의 위대한 도서관』, 한길사, 2011

것은 명백히 알지만, 그 사실이 내 감동을 어찌하지
못하는 것과 같다. 나는 여전히 알렉산드리아 도서관
외벽에는 『훈민정음』에 쓰인 서체 그대로 '세월'이라
는 한글이 새겨져 있다고 믿고 있다.

도서관의 모든 것, 알렉산드리아 도서관

2002년에 개관한 현재의 알렉산드리아 도서관
은 기원전 3세기경에 세워진 고대 알렉산드리아 도서
관의 영광을 계승하고자 하는 시도였다. 노르웨이 건
축회사 스뇌헤타(Snøhetta)가 설계한 이 원형 도서
관은 높이 32m, 원둘레 160m로 2억 2000만 달러
를 들여 완성했다. 800만 권이 넘는 책을 보관할 수
있는 규모라고 한다. 고대 알렉산드리아 도서관 역
시 서기 1세기경에 이르러서는 약 100만여 권을 소장
할 만큼 엄청난 규모를 자랑하는 당대 최대의 도서관
이었다.[*] 알렉산드리아 도서관을 세운 프톨레마이오
스 왕조의 왕들이 이 도서관에 쏟은 열정은 현대에서는
불가능할 정도로 뜨거웠다. 그들은 세상의 모든 책과

---

[*]   남태우, 『도서관의 신 헤르메스를 찾아서』, 창조문화, 2005

모든 지식인을 이 도서관에 모으고 싶어 했고, 이를 위해 믿기 힘들 정도의 막대한 돈과 노력을 쏟아부었다. 편법과 계략을 쓰는 것도 마다하지 않았다. 다른 나라 도서관들을 견제하고 더 많은 책을 가져오기 위해 파피루스의 수출을 금지하기까지 했다. 당시 알렉산드리아 도서관의 가장 강력한 경쟁 도서관은 현재의 터키 베르가마 지역에 있던 '페르가몬 도서관'이었다. 페르가몬 도서관 운영자들은 파피루스 수출금지 조치에 반발해 양가죽을 얇게 가공하는 새로운 문서 매체를 발명했는데, 이것이 '페르가몬'의 이름을 붙인 '양피지(pergament)'이다.* 물론 양피지의 발명에 대한 이러한 기록들은 사실보다는 전설에 가깝지만, 이를 통해 알렉산드리아 도서관과 페르가몬 도서관의 욕망과 경쟁이 얼마나 치열했는지를 짐작할 수 있다.

고대 알렉산드리아 도서관은 도서관이라는 이름으로 가능한 거의 모든 이야기를 담고 있다. 현재까지 그 어떤 도서관도 2500여 년 전에 세워진 알렉

---

* 알베르토 망구엘, 강주헌 옮김, 『밤의 도서관』, 세종서적, 2011

산드리아 도서관의 전설과 영광을 뛰어넘지 못했다. 하지만 모든 위대한 전설이 그러하듯 고대 알렉산드리아 도서관 역시 어느 날 아무런 흔적도 남기지 않고 사라졌다. 수많은 가설에도 불구하고 알렉산드리아 도서관이 언제, 어떻게, 어떤 과정을 거쳐 사라졌는지 정확히 확인할 길이 없다.

자신의 직업을 '독서가'라고 자처할 만큼 유명한 독서광이자 작가인 알베르토 망구엘은 "알렉산드리아 도서관이 세워졌을 때 어떤 모습이었는지 전혀 모르듯이, 도서관이 어떻게 사라졌는지에 대해서도 확실히 아는 바가 없다. 갑자기 사라졌는지, 점진적으로 사라졌는지도 알 수 없다."[*]고 탄식한다.

1800여 년 만에 다시 지어진 알렉산드리아 도서관에 '세월'이라는 단어가 새겨져 있다는 오독(誤讀)은 많은 생각을 하게 만든다. 알베르토 망구엘은 "공간을 정복하려던 바벨탑과 시간을 정복하려던 알렉산드리아 도서관은 인간의 야망을 상징하는 대표적인 쌍둥이 상징물이다."[**]라고 말한다.

[*]   위의 책
[**]   위의 책

도서관이란 기본적으로 기록을 보관하는 곳이다. 나는 도서관을 떠올릴 때마다 도서관이 세월을, 시간을 그러니까 끝내는 사라졌을 기억들을 수납하는 공간이라는 생각이 든다. 도서관을 통해 우리는 잊혔을 사건과 말과 지식을 건네받는다. 망구엘의 말처럼 나는 도서관이 멀리 흘러가 흩어져 사라질 시간들을 기억하고자 하는 인간의 욕망을 드러내는 하나의 상징물이라고 생각한다. "아무리 도서관이 거대하다 할지라도 똑같은 두 권의 책은 없"*는 것처럼, 똑같은 기억은 존재하지 않는다. 도서관은 하나의 기억을 보관하지만, 도서관을 이용하는 사람이 건네받는 것은 각기 다른 기억이다. 도서관의 서고 사이를 걷다 보면 나는 묘한 감정, 애틋함이라고 말할 수 있을 감정을 느낀다. 뱉어지고 사라졌을 말들이 문자를 통해 종이에 기록되고 책으로 묶여 나란히 줄지어 서 있는 것이다. 소멸을 거부하고 기억되기를 바라며 서 있지만, 전해져 이어지는 기억은 그들이 원했던 모습이 아니다.

---

* 호르헤 루이스 보르헤스, 황병하 옮김, 『픽션들』, 민음사, 1994

기억과 망각은 이음동의어이다. 도서관은 기억이 망각에 기대 존재한다는 사실을 말해준다. 도서관 서고를 서성이며 나는 "모든 것이 이미 쓰였다는 명백한 사실"*이라고 한 호르헤 루이스 보르헤스의 말을 기억해낸다. 우리가 알아야 할 것들은 이미 오래 전에 쓰였는지도 모른다. 도서관은 쓰인 것들에 대한 기억과 망각의 변주이다. 도서관은 어쩌면 인류의 역사란 이미 쓰인 것들에 대한 '각주 달기'에 불과한지도 모른다고 내게 말한다. 유네스코를 비롯한 전 세계가 동참한 현대 알렉산드리아 도서관의 건립과정을 보며, 나는 "『서양철학사』는 플라톤의 각주에 불과하다."는 화이트헤드의 말을 생각했다. 『과정과 실재』에서 그가 쓴 말은 다음과 같다.

"유럽의 철학 전통을 가장 일반적이고 무난하게 규정하자면 그 전통이 플라톤에 대한 잇따른 각주들로 이루어졌다는 점이다. 플라톤의 저작에서 마구 발췌하여 꿰맞춘 학자들의 도식적 사고를 말하고자 하는 게 아니다. 나는 플라톤의 저작에서 퍼져나간 일반 개념의 풍부함을 말하는 것이다."

2만 5800평의 대지에 세워진 알렉산드리아 도서

* 위의 책

관은 프톨레마이오스 1세가 기원전 300여 년 전에 구상했던 도서관의 각주에 불과한지도 모른다. 보르헤스는 이러한 나의 생각에 고개를 끄덕여주었을 것이다. 그 역시 "모든 세대는 다른 세대들이 이미 썼던 것을 아주 약간 변형하여 다시 쓰는 게 아닌가 하는 생각을 가지고 있답니다."*라고 말하고 있기 때문이다.

소년, 눈먼 노인을 만나다

1964년, 부에노스아이레스의 서점 '피그말리온'에서 점원으로 일하던 16세의 알베르토 망구엘은 손님으로 온 루이스 보르헤스를 만난다. 당시 아르헨티나 국립도서관장이던 보르헤스는 이미 시력을 잃은 상태였다. 망구엘은 보르헤스에게 고용돼 1968년까지 4년간 그에게 책을 읽어주는 일을 하게 된다. 프랑스 메디치 상을 수상한 『독서의 역사』, 만하임 상을 수상한 『인간이 상상한 거의 모든 곳에 관한 백과사전』, 독서가들의 필독서로 꼽히는 『밤의 도서관』

---

* 호르헤 루이스 보르헤스·윌리스 반스톤, 서창열 옮김,
  『보르헤스의 말』, 마음산책, 2015

등을 통해 방대한 독서편력을 드러내며 훗날 세계적인 작가로 성장한 소년 망구엘이 움베르토 에코, 미셸 푸코, 자크 데리다 같은 최고의 지성들이 지대한 영향을 받았음을 고백한, '작가들의 작가' 보르헤스에게 책을 읽어주는 장면은 대단히 흥미롭다. 영민한 16세 소년과 장님이 된 65세 노인이 책을 사이에 두고 마주 앉아 있는 이미지는 내게 많은 상상을 불러일으킨다. 소년은 시력을 잃은 노인에게 책을 읽어준다. '도서관의 작가'라는 명성과 달리 겨우 500권에 불과한 노인의 서재를 보고 소년은 당황한다. 하지만 소년은 곧 이유를 알게 된다. 노인은 자기가 읽은 것들을 모두 기억하고 있는 것이다. 소년은 때로 노인이 기억하고 있는 책들을 읽어준다. 노인은 자기가 기억하는 단어와 문장을 소년의 목소리를 통해 듣는다. 노인은 망각 속에 잠자고 있던 자신의 기억을 다시 만나고, 소년은 새로운 기억을 얻는다.

'가장 아름다운 첫 문장'을 말할 때 자주 거론되는 "우주(다른 사람들은 '도서관'이라 부르는)는 부정수 혹은 무한수로 된 육각형 진열실들로 구성되어 있다."라는 문장으로 시작하는 보르헤스의 '바벨의 도서관'에는 어떤 도서관이 세밀하게 묘사되어 있다. 보르헤스가 묘사한 도서관을 "상상의 도서관이라고 하는 이도 있고, 몇 세기 전에 불타버린 알렉산드리아 도서관이라고 하는 이"*도 있다. 보르헤스는 왜 '바벨'과 '도서관'이라는 조합을 선택했을까?

앞서 인용한 망구엘의 해석을 참고한다면, '바벨의 도서관'이라는 제목은 공간과 시간을 정복하려는 인간의 욕망을 상징하는 표현이라고 짐작해볼 수 있다. 보르헤스는 "'도서관'은 영원으로부터 존재한다."**라고 말한다. 시간은 존재의 집이다. 기억과 망각은 시간이라는 집의 기둥과 대들보이다. 도서관은 '시간'이라는 셋방을 벗어나 '영원'이란 안식처를 향해 나아가려는 인간의 의지를 읽게 한다. 기억과 기억을 연결해 영원에 다다르고자 하는 인간의 욕망. '바벨'이라는 단어는 히브리어로 '혼돈(chaos)'이라는 뜻이다. 보르헤스가 조합한 제목은 내게 영원을 바라는 인간이 기억과 망각 속에서 직면하게 되는 혼돈, 혼란으로 읽힌다.

*   양운덕, 『보르헤스의 지팡이』, 재남, 2015
**   호르헤 루이스 보르헤스, 황병하 옮김, 『픽션들』, 민음사, 1994

나는 도서관 서고에 서면 종종 아득한 현기증을 느낀다. '한국십진분류법(KDC)'에 따른 정연한 분류, 오와 열을 맞춘 책상들, 방문객의 동선에 맞춰 적절히 자리 잡은 검색용 컴퓨터에도 불구하고 도서관은 내게 혼란의 공간에 가깝다. 도서관에 가지런히 정렬된 기억들은 내가 특별한 존재가 아니라는, 내가 겪고 다치고 아파하는 일 그리고 그 과정을 통해 깨닫는 모든 것이 새로운 것이 아님을, 오랫동안 이어온 반복의 중첩에 불과하다는 것을 자각하게 한다. 나 이전의 많은 이가 겪은 일들을 반복해 겪고 있는, 같은 경험을 따라가고 있는 나는 내 소망과 달리 '유아독존'한 사람이 아니라는 사실을 직설적으로 말해준다. 도서관은 내게 누군가의 말과 삶을 '인용'하지 말라고 강요한다. 희석된 삶이 붙잡을 얇은 밧줄마저 끊어져버린다. 쓰인 모든 것이 쓰여야 할 모든 것인 책들 속에서 나는 길을 잃는다.

망구엘은 "지금도 서가가 빼곡히 들어찬 공간에서 길을 잃으면 재밌는 모험에 나선 기분이 들고, 일정한 원칙에 따라 배열된 문자와 숫자가 언젠가는 나를 약속된 목적지로 인도해줄 거라는 근거 없는 확신에 넘친다."*라고 말한다. 하지만 그도 인정한 것처럼 그 확신은 근거가 없기에 오래 지속될 수 없다. 망구엘의 책들을 읽으며, 나는 그가 도서관의 기억과 망각의 순환이 주는 달콤한 철창 안에 갇혔다는 느낌을 받는다. 어쩌면 그 철창의 자물쇠는 안쪽에 있는지도 모른다.

　시력을 잃은 보르헤스는 아르헨티나의 국립도서관장이었다. 그는 "책과 밤을 동시에 주신 신의 경이로운 아이러니"** 라고 말하며 웃는다. 보르헤스가 말하고자 하는 단어는 '아이러니'다. '경이로운'이라는 형용사를 붙일 정도의 '아이러니'. 보르헤스는 삶에 대해 "끊임없이 계속된다는 것은 끔찍한 것"***이라고도 말한다. 끊임없이 반복된다는 것, 기억과 망각 속에 끊임없이, 반복된다는 것. 기원전 3세기의 알렉산드리아 도서관부터 현대의 알렉산드리아 도서관이 시간에 대해, 삶에 대해 증명하는 것은 바로 그것이다.

　망구엘에게 도서관은 흥미진진한 모험의 땅이

＊　알베르토 망구엘, 강주헌 옮김, 『밤의 도서관』, 세종서적, 2011

＊＊　호르헤 루이스 보르헤스, 류시화 옮김, 「축복의 시」

＊＊＊　호르헤 루이스 보르헤스·윌리스 반스톤, 서창열 옮김, 『보르헤스의 말』, 마음산책, 2015

었을지 모르지만, 보르헤스에게는 구원의 가능성과 절망의 확실성이 공존하는 공간이었다. '바벨의 도서관'에서 보르헤스는 자신 역시 도서관의 모든 사람처럼 '단 한 권의 책'을 찾으려는 여행을 했음을 고백한다. "영원히 세상 모든 사람들이 가진 고유성을 변호하고, 그리고 그의 미래에 대한 깜짝 놀랄 만한 비밀들을 간직하고 있는" 변론서를 찾고자 하는 "헛된 욕망"을 가졌음을 고백한다. 그는 "'변론서'들은 존재한다."고 확언하면서도 스스로의 변론서를 찾아 나선 사람들이 그것을 찾을 수 있는 가능성은 '영'이라고 말하는 역설적인 태도를 보인다.

1980년 4월, 여든한 살의 보르헤스는 매사추세츠 공과대학에서 윌리스 반스톤과 나눈 대화에서 이렇게 말한다. "나는 인생이, 세계가 악몽이라고 생각해요. 거기에서 탈출할 수 없고 그저 꿈만 꾸는 거죠. 우리는 구원에 이를 수 없어요. 구원은 우리에게 차단되어 있지요. 그럼에도 나는 최선을 다할 겁니다. (…) 나는 실패했고, 실패할 것을 알지만, 그것이 내 삶을 정당화할 유일한 행위이니까요."* 나는 보르헤스가 취하는 이러한 아이러니를 탈출구가 없는 하나

* 위의 책

의 진지한 유머로 읽는다.

　도서관에서 태어나고 도서관에서 성장했으며 도서관에서 죽은 보르헤스. 보르헤스는 도서관이 자신에게 천국 같은 곳이라고 밝힌다. 하지만 구원이 차단된 천국이 무슨 의미가 있는지 나는 알 수가 없다. 보르헤스는 "새 책을 적게 읽고, 읽은 책을 다시 읽는 건 많이 하라는 조언을 해주고 싶군요."라고 말한다. 기억이 삶을 유지시킨다. 보르헤스는 다시 말한다. "망각보다, 잊히는 것보다 좋은 게 어디 있겠어요? 내가 원하는 것은 잊히는 거예요." 망각은 삶을 완성한다.

　2002년 10월 16일, 이집트 나일 강변에 알렉산드리아 도서관이 문을 열었다. 기원전 3세기경에 존재했던 고대 알렉산드리아 도서관을 기억하기 위한 역사(役事)였다. 새로 건립된 알렉산드리아 도서관의 화강암 외벽에 새겨진 세상의 모든 문자 사이에 '세월'이라는 한글이 음각되어 있다고 한다. 이것이 내가 들은 도서관에 관한 세상에서 가장 아름다운 이야기다.

선비의 서재
— 사랑방, 명창정궤 그리고 오늘날의 서재

명창정궤(明窓淨几). '햇빛이 잘 비치는 창 아래 놓여 있는 깨끗한 책상(冊床)'이라는 뜻으로, 중국 송나라 시대 문인 구양수의 『시필(試筆)』에 나오는 말이라고 한다. 한글 번역본이 없어 인터넷 검색을 해보니, 명창정궤라는 말이 나온 문장은 다음과 같다.

"소자미상언 명창정궤 필연지묵개극정량 역자시인생일락(蘇子美嘗言 明窓淨几 筆硯紙墨皆極精良 亦自是人生一樂, 일찍이 소동파가 말하길 햇빛이 잘 비치는 창 아래 놓여 있는 깨끗한 책상에 붓 벼루 종이 먹이 지극한 명품이니 이 또한 인생의 큰 즐거움이다.)."

밝고 단정한 어느 방 안 풍경이 한눈에 그려지는 이 어구는 예전부터 이상적인 선비의 공부방, 즉 서재를 묘사한 말로 자주 인용된다. 한국고전번역원 DB에서 명창정궤를 검색하면 무려 171회의 용례가 나온다고 한다.

미니멀리즘의 극치, 사랑방

명창정궤라는 말은 작은 서재를 연상시킨다. 조선의 선비들이 이상적인 서재 공간으로 이 단어를 인용한 것은 자연스럽다. 조선시대의 사랑방만큼 명창 정궤가 지닌 의미에 어울리는 공간은 찾기가 어렵다. 사랑방은 작고 단정하면서도 기품 있는 공간, 소위 말하는 '미니멀 스페이스(minimal space)'의 최상위 버전이라 할 만하다.

목수로서 서재와 책상과 소파는 무조건 넓어야 한다는, 나름 '3광지론(三廣之論)'을 주장하고 있지만, 그렇다고 해서 명창정궤가 주는 고졸한 아름다움을 작게 생각하는 건 아니다. 오히려 기회가 있을 때마다 작은 서재의 중요성에 대해 강변하는 쪽에 가깝다.

한옥의 작은 방이 주는 편안함은 놀라울 정도다. 내 몸 하나 누이면 변변한 가구 한 점 둘 데조차 없는 그 작은 공간에서 편안하고 상쾌한 기분을 느끼는 건 한옥이라는 건축이 가진 힘 때문일 것이다. 한옥 방에 들 때마다 나는 사랑방이라는 공간이 주는 의미에 대해 생각한다.

서재 가구를 주로 만드는 목수로서 오늘날 서재의 모범이 될 만한 사례를 고민할 때면 늘 제일 먼저 떠오르는 것이 조선시대의 사랑채 혹은 사랑방이다. 사랑방을 살펴보는 일은 지금 우리 서재의 모습이 어떠해야 하는지에 대한 유의미한 단서를 제공하기 때문이다.

사랑방은 '사대부(士大夫)'나 '선비'라고 불리는 특정 계급과 성별에 주어진 특수한 공간이다. 페미니즘을 비롯한 현대의 합리적인 시선으로 볼 때 사랑방이라는 공간은 비판받을 만한 요소가 적지 않다. 하지만 나는 사랑방의 의미와 역할을 지닌 공간이 현대사회에서 특정 계층이나 성별과 관계없이 일반화되는 것이 반드시 필요하다고 생각한다.

사랑방과 선비에 관해 이야기하기에 앞서 조선을 바라보는 우리의 부정적인 시각부터 재고해보아야 한다. 왕은 문약하여 신하와 후궁들 사이에서 우왕좌왕하고, 왕비를 비롯한 궁의 여인네들은 시기와 질투로 다툼이나 벌이며, 사대부는 매관매직은 물론 별것 아닌 이유로 종들을 매질해 죽게까지 하는 파렴치한 짓을 일삼고, 선비는 식솔들 밥을 굶기면서도 비루한 공짜 술 한 잔에 허튼소리나 지껄이는 사회. 이것이 흔히 조선 하면 떠오르는 일반적인 이미지일 것이다. 조선과 그 지도층에 대한 부정적 인식의 원인과 오류를 일일이 지적할 수는 없지만, 우리가 잊지 말아야 할 것은 조선이 518년간 지속된 왕국이라는 사실이다. 학자들에 따르면 로마제국처럼 '제국'이 아닌 단일왕조가 500년 이상 유지된 왕국은 전 세계에 단 두 왕조뿐이라고 한다. 특히 14세기 이후 500년을 지속한 왕조는 조선이 유일하다. 조선이라는 왕국의 시스템과 지도층이 우리의 피상적인 인식처럼 그렇게 부정적인 것이었다면 500년이나 이어지진 못했을 것이다. 우연이라 하기에 500년은 너무 긴 시간이다. 모든 국가의 역사가 그렇듯 조선사회 역시 많은 불합리가 있었던 것은 사실이나, 500년이라는 시간을 고려할 때 조선이라는 왕국의 시스템과 사대부/양반으로 대표되는 지도층은 대체로 건강한 상태였다고 판단하는 것이 합리적일 것이다.

독서와 예술, 휴식과 교류로서의 사랑방

사랑방의 기능과 구성에 대해 하나씩만 되새겨보자면 기능적인 면에서는 '복합성', 구성적인 면에서는 가구 배치의 효율성과 멋에 주목해야 한다. 우선 기능적 측면에서 강조하고 싶은 것은 사랑방이 가진 '복합성'이다. 조선시대 선비들은 사랑방에서 학문에 정진했으며, '신독(愼獨, 홀로 있을 때도 도리에 어그러짐이 없음)'에 이르기 위한 수양에 힘썼다. 또한 시를 짓고 그림을 그리고 악기를 연주하는 예술 행위를 하며 사람들과 교류했다. 사랑방은 도서관이자 명상센터, 아틀리에이자 살롱이었다. 요즘 말로 '복합문화공간'의 기능을 한 것이다.

서재를 단순히 '책을 읽거나 공부하는 공간' 정도로 협소하게 해석해서는 곤란하다. 서재에 있어 책이란 하나의 상징일 뿐 서재를 '책을 위한 공간'으로 한정 지어서는 안 된다. 조선 선비들의 사랑방은 서재라는 공간이 가지는 복합적인 의미를 극명하게 구현하고 있다. 사랑방을 이해하기 위해서는 선비들이 삶에서 치열하게 지향한 바가 무엇이었는지 살펴볼 필요가 있다. 선비들이 추구한 삶에는 불행과 소외를 달팽이집처럼 등에 짊어지고 사는 현대인들이 잃어버린 삶의 모습이 원형에 가깝게 남아 있기도 하다.

넓은 의미의 선비라고 할 사대부라는 말은 지성인을 가리키는 '사(士)'와 관료를 가리키는 '대부(大夫)'의 합성어이다.[*] 선비는 개인적으로는 "공부를 통해 마음속에 있는 본성을 되찾아 참된 나를 회복하려는 자"[**]였다. 학문을 단지 책을 읽고 외우는 의미

[*]   오지환, 「퇴계의 선비관」, 충남대학교유학연구소논문집
       『유학연구』 34호, 2016

가 아니라 주체성을 가진 인간이 되기 위한 가장 강력한 방법으로 보았다. 따라서 선비를 책을 읽는 사람으로만 보는 것은 옳지 않다. 실제로 선비들은 경전을 읽는 독서행위 외에도 시를 짓고, 그림을 그리고, 악기를 연주하는 것을 필수 소양으로 생각했다. '문(文)·사(史)·철(哲)'을 전공과목으로 체득하고, '시(詩)·서(書)·화(畵)'를 교양과목으로 체질화해야 비로소 선비라는 이름이 부끄럽지 않다고 생각했다. 또한 '정좌(靜坐, 조용히 앉아 정신을 집중하여 마음을 하나로 모으는 것)'***처럼 불교의 선(禪)과 구별되는 특별한 수행 역시 생활의 일부분으로 받아들였다. 선비가 가진 위대함은 스스로 쌓은 이러한 내적 성취를 단지 자신만을 위해 쓰지 않고, '홍익인간'으로 대표되는 이타적 행위로 확장하는 것을 의무로 생각했다는 점이다. 그래서 선비들의 사랑방은 내적 수양의 공간이면서 활발한 대(對) 사회활동의 근거지가 되기도 했다. 조선 선비들의 삶이란 서재에서 시작해 서재에서 끝나는 것이었다. 서재는 곧 선비 자신이었

***

** 정순우, 「퇴계의 시대성찰과 선비의식」, 『국학연구』 25, 2014

*** 최석기, 『조선 선비의 마음공부, 정좌』, 보고사, 2014

다. 그래서 정약용의 '여유당'처럼 서재에 자신의 호(號)를 붙이거나 추사 김정희의 애제자인 조면호(趙冕鎬, 1803~1887)의 '자지자부지서옥(自知自不知書屋, 자신이 모른다는 것을 자신은 안다)'처럼 자신이 생각하는 바를 서재의 이름으로 짓는 경우가 많았다.

　조면호는 자신의 서재 자지자부지서옥을 묘사한 글에서 "나무를 쪼개 만든 의자가 있고, 매화와 화분에 담긴 수선화가 고개를 내밀고 있"으며, "중국 자기 한 점, 돌단지 한 점, 벽에는 고검(古劍) 하나가 걸려 있다"*고 쓰고 있다. 검박한 조면호의 서재에도 작은 도자기나 검처럼 애장하는 골동품이 몇 점 있는데, 이는 조선 선비들의 사랑방이 가지는 일반적인 모습이었다. 사랑방을 기준으로 본다면 벽에 그림 한 점, 책상 위에 도자기 한 점과 아끼는 소품 몇 점이 없는 서재는 제대로 된 서재라고 보기 힘들다. 앞서 말했듯 선비들은 사랑방에서 시를 짓고, 그림을 그리고, 분재를 하고, 악기를 연주했다. 조면호 역시 자신의 서재에 거문고와 양금(洋琴)이 있다고 말한다. 조선의 선비에게 서재는 책을 읽는 공간만이 아니라 예

*　박철상, 『서재에 살다』, 문학동네, 2014

술 행위를 위한 아틀리에이자 자신만의 컬렉션을 디스플레이한 미술관이었음을 확인할 수 있다. 조선의 사랑방은 책만 가득한 서재는 반쪽짜리 서재임을 깨닫게 해준다.

　사랑방 컬렉션은 문방사우를 중심으로 한 것이었다. 물욕을 경계하는 유학의 가르침에 따라 특별히 애정하는 물건들만 모았고, 디스플레이는 번잡하지 않고 단정하게 하였다. 정체와 기원을 알 수 없는 잡동사니들이 질서 없이 무분별하게 산재해 있는 서재는 선비의 공간으로는 바람직하지 않은 것이다.

　사랑방의 기능 중 하나인 '교류'에 대해서도 다시 주목할 필요가 있다. 사랑채는 외부와 차단된 '안채'와 달리 그 집의 공적 기능을 담당하기도 했다. 선비들은 서로의 서재를 왕래하며 세상과 소통하고, 세상의 이로움을 위해 기여할 바를 고민했다. 사랑방이 세상과 유리되어 숨고 싶은 '동굴'과 같은 의미가 아니었다는 뜻이다. 사랑방을 소유했던 선비들은 적어도 책에 빠져 아집과 편견에 사로잡힌 채 자신만이 옳다고 주장하며 남을 가르치려 하는 '꼰대'의 모습을 경계했던 것이다.

서재, 빛이 고이는 곳

사랑방의 기능적 특성인 '복합성'에 이어 구성에 대해 알아보기에 앞서 사랑채의 크기 등 일반적인 상황을 살펴보려 한다. 조선의 주택 역시 지역과 건축주의 사정에 따라 차이를 보이지만, 추사 김정희의 고택을 보면 조선시대 사랑방의 규모와 구성에 대한 짐작이 가능하다. 추사 고택의 사랑채는 77.3m²(약 23평) 규모이다. 안채가 170.3m²(약 52평)였으니 안채의 약 44%에 해당하는 크기였음을 알 수 있다. 조선시대 가옥의 특징은 방보다 마루가 크다는 것이다. 추사의 사랑채 역시 23평이지만, 온돌과 마루의 비율이 1 : 1.25이다. 따라서 실재 사랑방의 크기는 11평 정도라고 짐작해볼 수 있다. 방 역시 사랑마루를 사이에 두고 사랑방과 청기기방으로 나뉘어 있다.* 상명대 천진희 교수의 실측도면에 따르면 실제 추사가 사용한 사랑방의 크기는 3m×5m 정도의 크기이다. 층고는 2m 20cm였다. 비록 추사의 사랑방이 당시의 일반적인 사랑방에 비해 좁은 것은 사실이나 추사가

---

* 천진희, 「조선조 상류 주택의 사랑방에 관한 연구」,
상명대학교 디자인연구소 『디자인연구』, 1997

당대의 명문가 출신에 병조참판까지 역임하고 서예와 금석학의 대가로 평가받는 명사였던 것을 고려하면 다른 이의 사랑방도 큰 차이는 없다고 보면 될 듯하다.

추사의 예처럼 조선의 사랑방이라는 것은 마루를 포함한다 하더라도 대체로 규모가 작은 편이다. 하지만 품격이란 언제나 크기와는 상관이 적다. 사랑방의 품격은 일단 빛의 적절한 조율에 있다. 한지 특유의 미색과 창호를 통해 들어오는 빛의 농담이 우아함과 편안함을 만들어낸다. 밝은 서재는 사랑방의 기본법칙과도 같았다. 조선시대 대표적인 실학서적인 서유구의 『임원경제지』에는 서재 구성의 가이드라인이 다음과 같이 소개되어 있다.

"서재는 밝고 정결해야 하지만 지나치게 활짝 개방되어서는 안 된다. 서재가 밝고 정결하면 심신을 상쾌하게 만들지만, 서재가 너무 크거나 활짝 개방되어 있으면 시력을 상하게 한다."*

특히 조선의 창호는 과학과 의장이 동시에 담긴 뛰어난 유산이다. "'한옥의 창살은 바깥쪽으로 노출

* 　서유구, 안대회 옮김, 『산수간에 집을 짓고』, 돌베개, 2005

되므로 외부는 표정을 가지며 내부에서는 창살이 비쳐 보이거나 반투명한 창호지에 의해 공간이 확장되어 보여', 개구부로 인해 공간이 협소해 보이거나 복잡해 보이지 않"*는 효과를 나타낸다. '명창정궤'의 제 1조건인 빛은 한옥의 창호를 통해 충족되고 있다.

빛의 조율과 함께 가구의 멋과 배치는 사랑방의 품격을 한층 높이고 있다. 사랑방의 가구 배치는 몹시 세심한 고려를 통해 이루어진다. 서유구의 『임원경제지』에는 다음과 같은 구절이 나와 있다.

"천연의 모습을 지닌 안궤(案几)를 실내 왼쪽 가에 하나 놓아둔다. 동향으로 놓되 창이나 난간에 바짝 대어 놓아 바람과 햇볕에 노출해서는 안 된다. 안궤 위에는 낡은 벼루 하나, 필통 하나, 필가 하나, 수중승 하나, 연산(研山) 하나를 올려놓는다. 옛사람이 벼루를 비롯한 도구를 왼편에 놓은 것은 먹물 빛이 반사하여 눈에 번뜩이지 않도록 하기 위해서였다. 등불 아래서는 더욱 그렇다."**

*   천진희, 「조선조 상류 주택의 사랑방에 관한 연구」,
    상명대학교 디자인연구소 『디자인연구』, 1997

** 서유구, 안대회 옮김, 『산수간에 집을 짓고』, 돌베개, 2005

가구는 물론 벼루 하나 놓는데도 빛의 반사까지 고려하고 있음을 알 수 있다.

사랑방에 놓인 가구는 공간의 고졸한 품격을 높이는 가장 중요한 요소였다. 조선의 가구는 조선의 주택처럼 화려함을 경계했다. 상류층이 권위를 드러내지 않고 절제하는 양식을 썼다는 것은 굉장히 특별한 경우이다. 유럽이나 중국 상류층의 주택과 가구를 떠올린다면, 조선의 '절제미'라는 덕목이 얼마나 낯선 것인지 짐작할 수 있다.

사랑방을 대표하는 가구는 '서안(書案)', '문갑(文匣)', '사방탁자(四方卓子)'이다. 이 세 가구는 조선의 목가구를 대표하며, 현재의 서재에도 바로 적용 가능한 품목이라는 점에서 의미가 깊다. 특히 현재의 책상에 해당하는 서안(書案)은 매우 중요한데, 가장 자주 사용하는 가구이기도 하지만 서재의 중심을 잡아주고, 손님이 올 경우 방주인의 위치와 권위를 나타내기 때문이다. 요란한 것을 지양하고, 검박한 아름다움을 추구했던 선비들의 취향은 서안에도 그대로 적용된다. 홍만선의 『산림경제』에는 서안과 문갑을 제작할 때의 주의점이 나와 있다.

"책상이나 연상에는 운각을 새기지 말 것이고,

금구(金具) 장식을 피할 것이며, 주황칠은 아예 하지 말라, 질박해야 하는 점을 유의하라. (…) 문갑에도 유난스레 기화(奇花)를 새기지 말며 차라리 조촐할수록 좋은 것이다."*

한마디로 책상에는 조각이나 보석류로 장식하지 말라는 이야기이다. 조각과 곡선이 많은 앤틱 스타일의 가구나 금속으로 치장된 가구는 조선 사랑방의 기준으로 보면 적당하지 않다. 사실 처음 가구를 구매하는 사람들은 디자인과 장식의 현란함에 현혹되기 쉬운 것이 사실이다. 한때 한국 가구시장에 열풍을 가져왔던 유럽 앤틱 '스타일'의 가구나 손잡이에 '스와로브스키' 보석을 박는 등의 장식을 한 이탈리아 가구가 바로 그런 예에 속한다. 이런 가구들로 공간을 채우는 것은 사용자에게 쉬이 피로감을 안겨 준다. 거실과 같은 접대 공간, 공용 공간이 아니라면 장식적인 가구는 바람직하지 않다. 인간의 감각이란 쉽게 적응하는 것이기도 하지만, 또 쉽게 피로해지는 것이기 때문이다. 특히 한국인은 전통적으로 장식이 많은 물품들에 익숙하지 않기 때문에 피로감을 느끼는 속도와 강도가 빠르고 크다. 앤틱과 장식 가구의

---

* 　이종석, 『한국의 목공예』, 열화당, 2001, 재인용

일시적인 유행 뒤에 단순함을 추구하는 북유럽 스타일의 가구가 큰 호응을 얻으면서 스테디셀러로 자리 잡은 것은 조각과 장식으로 치장된 가구들이 주는 피로감 때문일 것이다.

책상을 비롯해 서재에 들이는 가구들은 되도록 단순한 것이 좋다. 소재 역시 대리석이나 철제보다는 나무를 추천한다. 조선의 사랑방 가구가 그렇듯이 서재의 가구란 인간과 동떨어진 사물로 존재해서는 안 되기 때문이다. 사용자가 자신이 사용하는 가구에 애정을 느끼고 감정을 쌓아가는 과정이 필요하다. 쓰임에 따라 낡아가고 아름답게 색이 바래지는 목가구는 서재라는 공간이 단지 건축과 물건의 공간이 아닌 자신과 함께 살아가는 생명력 있는 존재임을 인식하게 한다. 가구 제작에 쓰이는 다양한 소재 중에 인간에게 정서적으로 가장 가깝고, 또한 세월의 흔적이 '손상'이 아니라 '낡음'으로 받아들여지기에 가장 적합한 소재는 아무래도 나무가 아닐까 한다.

사랑방의 주요 가구 배치는 주인이 앉는 보료를 기준으로 볼 때 일반적으로 뒤에는 8폭 병풍, 앞에는 서안이 위치했다. 오른쪽 벽에는 탁자장이나 서장이 놓이고, 이것을 따라 한 쌍의 문갑이 놓인다. 사랑방 가구의 대표 품목인 사방탁자는 문갑 옆에 놓이거나 방 윗목에 쌍으로 자리했다. 이밖에도 연상이나 고비, 의걸이장 등이 있으나 오늘날의 서재 구성과는 거리가 멀어 자세히 설명하지는 않겠다.

사랑방의 가구 배치는 일견 당연해 보인다. 대체로 서고(書庫)를 따로 갖췄던 사랑방의 구조를 고려해 현재에 맞게 기본 배치를 생각해본다면 이렇다. 우선 책상이 있고, 책상의 오른쪽 벽에는 서랍이 있는 보조 책장이 자리한다. 책상 왼쪽 뒤에는 도자기나 자명종 시계처럼 아끼는 소품들을 수시로 들여다보고 감상할 수 있는 사방탁자와 같은 개방형 장식장이 필요하다. 출입문 좌측이나 우측 혹은 양쪽 모두에 책장이 있으며, 책장 앞에는 의자나 스툴을 놓아 책을 고를 때 편의를 제공할 수 있어야 한다. 일반적으로 생각하듯 책상 뒤에 책장이 늘어서 있는 것은 올바르지 않다. 일단 책이란 기본적으로 위생적인 물건이 아니다. 특히 비염 환자에게 오래된 책의 먼지는 재앙에 가깝다. 메인 책장은 되도록 책상에서 멀리 떨어뜨려놓는 것이 좋다. 당장 볼 책과 참고할 자료 등은 책상 오른편 보조 책장에 두면 된다. 만약 서재가 좁다면 메인 책장은 거실 등의 공간으로 빼는 방법을 검토해보는 것이 좋다. 서재의 중앙 공간에는 필요에 따라 소파나 이지 체어, 취미생활을 위한 도구들을 놓으면 좋고, 특별한 컬렉션 등이 있다면 공간의 특성에 맞춰 장식장을 적절히 배치하면 된다. 현대의 주택 구조로 볼 때 벽에 위치한 책장을 제외하고는 대부분의 가구 높이가 960mm를 넘지 않는 것이 좋다. 960mm가 넘으면 시선을 가로막아 공간을 답답하게 만든다. 책장과 수납장 역시 최대 2100mm를 넘으면 공간을 위압하니 올바른 배치라 할 수 없다. 나의 경험으로 책장의 높이는 2m를 넘지 않는 게 적절하다.

당신만의 서재를 가지는 일

서재는 단지 책을 보관하거나 읽는 공간만을 의미하지 않는다. 조선 선비들의 사랑방에서 보듯이 서재는 공부와 수양, 휴식과 취미활동, 그리고 교류가 이루어지는 복합적인 공간이다. 무엇보다 한 개인이 자신과 마주하며 스스로 성장하는 모든 행위를 도모하는 장소라고 할 수 있다. 서재는 크기에 상관없으나 기본적으로 사적 공간이어야 한다. 그러므로 오늘날 거실과 같은 공용 공간에 배치된 서재는 도서관에 가까울 뿐 서재가 될 수 없다. 서재의 가구 배치는 사랑방을 참조하면 유용하며, 다시 한번 강조하지만 주로 머무는 책상과 메인 책장은 멀리 떨어뜨릴수록 좋다.

조선을 500여 년간 지속하게 한 건강성은 사랑방에 있다고 나는 믿고 있다. 사랑방이라는 독립적이고 복합문화적인 공간을 통해 조선의 지도층이 건강성을 유지했다고 보기 때문이다. '현대인은 병들어 있다.'고 많은 사람이 진단한다. 원인에 대한 분석만큼 처방도 다양하다. 목수로서 나의 처방은 이것 하나다. 서재를 가져라. 당신만의 서재를 가져라. 명창정궤. 밝은 빛이 스며들고 정갈한 책상 하나로 이루어진 당신만의 서재를 가지는 일이 당신 자신의 모습으로 살아가는 첫걸음이 될 것이다. 조선의 선비가 그랬던 것처럼.

나를 만든 세계, 내가 만든 세계
'아무튼'은 나에게 기쁨이자 즐거움이 되는,
생각만 해도 좋은 한 가지를 담은 에세이 시리즈입니다.
위고, **제철소**, **코난북스**, 세 출판사가 함께 펴냅니다.

아무튼, 서재

초판 1쇄 2017년 9월 25일
초판 8쇄 2023년 8월 28일
지은이 김윤관
펴낸이 김태형
펴낸곳 제철소
출판등록 제2014-000058호
전화 070-7717-1924
팩스 0303-3444-3469
제작 세걸음

right_season@naver.com
instagram.com/from.rightseason

ISBN 979-11-88343-01-0 02810